¡YANGA!

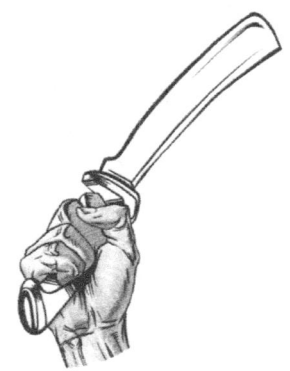

Por

Chris Mercer

Ilustrado por

Latasha Dunston

¡Yanga!

For additional resources and books visit:

www.chrismercerbooks.com

Copyright © 2020 Chris Mercer

Cover art: Hamilton Glass - www.whosham.com

Illustrations: Latasha Dunston - www.jitterbugart.com

All rights reserved.

No part of this publication may be reproduced, stored in a retrieval system, or transmitted, in any form or by any means (electronic, mechanical, photocopying, recording or otherwise), without prior written permission from Chris Mercer.

ISBN: 978-0-578-67293-9

Índice

Línea cronológica 1

Prólogo 2

Parte I: Senegambia, África Cerca de 1555 3
1. Yanga sube la montaña 5
2. Los ancestros 8
3. Celebración del príncipe 11
4. El fin de la fiesta 17

Parte II: La noche larga 20
5. El barco del dolor 21
6. Veracruz 27
7. Esclavitud 32
8. Rebelión 38

Parte III: Libertad en el monte 43
9. Al monte 44
10. Guerreros de la libertad 51
11. El espía 57
12. Familia unida 60
13. Construyendo un Palenque 65
14. Ataque en el camino real 71

Parte IV: El imperio contraataca 76
15. Hacendados impacientes 75
16. Decisión difícil 80
17. Invitación valiente 84
18. La gran batalla 87
19. Invencibles 97
20. La bandera blanca 102

Epílogo/Nota del autor 104

Glosario 108

Dedicado al pueblo afromexicano.

Los afromexicanos, somos los más olvidados de todos los pueblos de México. Debemos revisar nuestra historia para reafirmar nuestra identidad.

Nuestra Palabra
Quinto Encuentro de Pueblos Negros,
México, 2001

We, Afro-Mexicans, are the most forgotten of all the Mexican peoples. We must review our history in order to reassert our identity.

Our Word
Fifth Meeting of Black Communities,
Mexico, 2001

Línea Cronológica

15 de mayo 1545: Yanga nació un príncipe de la nación *bran*, descendiente de la familia real de Gabón.

1550-1570: Yanga fue esclavizado en las haciendas de azúcar cerca de Veracruz, en Nueva España (hoy México).

1570: Lideró una rebelión y formó una comunidad en las montañas de Veracruz.

1570-1609: Yanga lideraba su comunidad y atacaba al Camino Real entre Veracruz y la capital.

1609: El capitán Pedro González de Herrera atacó su comunidad.

1619: Los españoles hicieron un tratado con Yanga.

1630: Nació el pueblo de San Lorenzo de los Negros de Cerralvo.

1932: El gobierno mexicano cambió el nombre del pueblo a Yanga.

Prólogo

En 1932, el pueblo mexicano San Lorenzo de Cerralvo fue renombrado Yanga en honor al príncipe africano, trabajador esclavizado y guerrero por la libertad quien lo fundó 300 años antes. Esta es su historia y su leyenda.

Parte I
Senegambia, África
Cerca de 1555

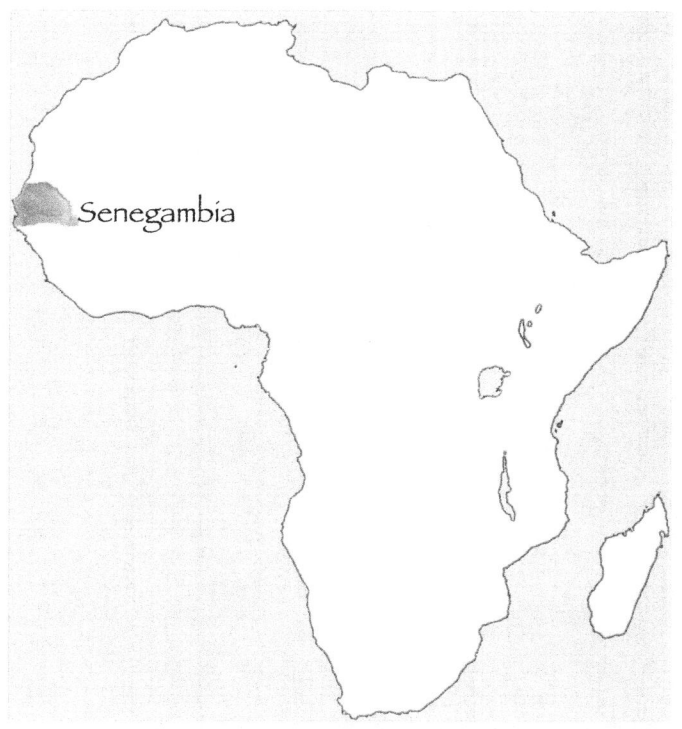

Capítulo 1
Yanga sube la montaña

Yanga escuchó el tambor y tuvo que salir. Tenía miedo. Le dijo a su hermana:

—Tengo miedo, Imani.

Ella dijo:

—Hermano, el miedo es bueno. El miedo es una oportunidad de ser valiente.

—Sí.

—Ya es hora, hermano. Ve a la montaña para convertirte en príncipe[1].

Yanga miró a su hermana. Se levantó y salió de su casa. Vio a su madre, la reina, y a su padre, el rey. Todo el pueblo cantaba mientras Yanga caminaba hacia la montaña. Solo tenía un cuchillo. Yanga tenía que ir solo para convertirse en el príncipe de la nación *bran* en Senegambia. Cuando llegó a los límites de su reino[2], salió corriendo.

Corría. La noche era oscura. Pensó mientras corría, «Tengo que subir la montaña para

---

[1] príncipe - *prince*
[2] reino - *kingdom*

comunicarme con los ancestros. ¿Qué me van a decir?»

Corría.

Yanga tuvo que correr toda la noche para llegar al arroyo[3] donde podía beber agua. Pensó, «Si no llego antes de la mañana, tendré que caminar bajo el sol caliente, sin agua.»

Corría mucho. Mientras corría pensaba en su hermana, «Imani está conmigo.» Ella era su mejor amiga. Ella siempre lo ayudaba cuando

---

[3] arroyo - *stream*

tenía miedo. Yanga pensó, «Imani me lleva. No puedo parar.»

Yanga subía la montaña. Pensó, «El sol está subiendo. Tengo sed, tanta sed. Tengo dolor en todo mi cuerpo, pero no puedo descansar.» Yanga trató de ignorar el dolor. No podía descansar. Tenía que continuar. «Si no llego al arroyo antes de la mañana no voy a beber. Podría morir.»

Corría contra el tiempo. Corría contra el sol.

Mientras corría pensaba en su pueblo. Su madre, la reina, y su padre, el rey. «Tengo sed. Me duelen las piernas. Me duele la cabeza. Me duele todo.»

Ahora Yanga estaba en trance.

Recordó lo que su padre siempre le decía:

–Los ancestros solo llegan cuando el miedo y el dolor no están.

Yanga repetía esto mil veces. «Los ancestros solo llegan cuando el miedo y el dolor no están.» Poco a poco el dolor y el miedo se fueron como el frío en el sol. Yanga corrió más. Yanga llegó al arroyo cuando escuchó una palabra:

–Bienvenido.

Capítulo 2
Los ancestros

Yanga llegó al arroyo y bebió agua. Yanga pensó, «¿Quién está aquí? ¿Quién dijo, 'Bienvenido'? ¿Es mi ancestro? ¿Qué hago ahora?» Hacía mucho sol y calor. Yanga tenía hambre, pero no tenía comida. Solo tenía su cuchillo. Yanga no comió.

Yanga caminó a la cueva de los ancestros. Tenía que pasar la noche en la cueva de los ancestros para escuchar su mensaje. El padre y el abuelo y todos los líderes de su nación hicieron el mismo ritual. Cuando Yanga llegó a la cueva, él estaba exhausto y tenía mucha hambre. No comió.

Yanga entró a la cueva. Pensó, «Mira el arte de los ancestros. Aquí voy a esperar el mensaje.» Yanga sintió una conexión fuerte con sus ancestros.

Ya era de noche, la luna no salió. Yanga tenía frío en la montaña. Yanga cantó una canción dedicada a los ancestros.

¡De repente escuchó un animal terrible! Yanga agarró su cuchillo rápidamente. El animal estaba muy cerca, pero Yanga no veía nada. Yanga miró por todas partes, pero no vio el animal. El animal se hizo más y más fuerte. Yanga sintió pánico y miedo, pero no vio nada. Gritó:

—¡Animal! ¿Dónde estás?

Yanga escuchó una voz.

—Eres tú, Yanga.

—¿Qué?

—El animal es de tu corazón.

—¿Quién está hablando? —respondió Yanga con intensidad en su voz.

—Tú sabes quién soy.

—¿Abuelo?

—Sí, soy yo.

—Abuelo, pero usted se murió.

—Estoy contigo ahora. Escúchame, Yanga.

—Sí, abuelo.

—El animal que escuchas viene de tu corazón. Es tu miedo. Y lo tienes que matar.

—¿Qué? ¿Matar mi miedo?

—Sí. Tu miedo no te puede dominar cuando llegue la noche larga.

—No comprendo, abuelo.

—Una noche muy larga llegará[4]. Cuando llegue, no te rindas al miedo[5]. No te rindas al dolor. No te rindas nunca. Tu gente te necesita.

—¿Qué es la noche larga, abuelo? ¿Cuándo llegará la noche larga?

—La noche larga llegará pronto. Pero Yanga, pase lo que pase durante la noche larga, la mañana también llegará. La mañana siempre va a llegar.

—¡Abuelo! ¡Abuelo! ¡Abueeeelooooo!

Yanga estaba solo. Yanga sabía que tenía que volver a su pueblo y sabía que por recibir el mensaje de su abuelo ya era un hombre. Ya era el príncipe de su reino.

---

[4] llegará - *will arrive*
[5] no te rindas al miedo - *don't give in to the fear*

Capítulo 3:
Celebración del príncipe

Cuando Yanga volvió a su reino, fue celebrado como el príncipe que ya era. Él escuchó el mensaje de los ancestros. Toda la gente le cantaba y los sirvientes prepararon una gran fiesta para celebrar. Todos comieron arroz, pescado y carne. Los músicos tocaban día y noche y los bailarines bailaban un *jalidon*, un baile especial para celebrar a la familia real. Su hermana Imani corrió hacia su hermano y le dijo:

—Bienvenido, su Majestad.

Yanga respondió:

—¡Ay, Imani! No necesitas ser formal. Soy tu hermano.

Imani lo abrazó. Ella dijo:

—Hermano, estoy muy orgullosa[6] de ti. Ahora puedes mirarme a mí.

—¿Qué? ¿Qué vas a hacer?

—Tú vas a ver, hermano —le dijo Imani misteriosamente.

---

[6] orgullosa - *proud*

Las celebraciones para Yanga tenían competencias y comida. Muchos guerreros venían para mostrar su fuerza y su habilidad con arco y flecha y con la lanza.

—¡Vengan todos los lanzadores de lanzas! —gritó un hombre—. Traigan las lanzas y prepárense para matar el jabalí[7].

Los tambores tocaron al ritmo de un pueblo emocionado. Los lanzadores llegaron uno por uno para su competencia. Tenían que matar un jabalí. El jabalí corrió y todos los lanzadores intentaron matarlo con sus lanzas. Nadie podía pegarle con su lanza y el jabalí se enojó. Por fin, llegó el turno de un guerrero llamado Jambaar de intentar matar el jabalí. Jambaar era alto y muy fuerte. Él era el mejor lanzador del pueblo. Jambaar tiró su lanza fuertemente.

El jabalí gritó con dolor cuando la lanza lo penetró con mucha velocidad. El público celebró y Jambaar tuvo el honor de presentar el jabalí a la familia de Yanga. Curiosamente, Imani no estaba con su familia.

De pronto un hombre gritó:

—¡Vengan todos los arqueros! Traigan los arcos y las flechas.

---

[7] jabalí - *wild pig, boar*

Un grupo de arqueros llegó. Poco a poco los arqueros fueron eliminados de la competencia. Solo quedaron dos arqueros. El hombre gritó:

—¡Ahora los arqueros tienen que matar un ave en el aire!

El primer arquero era muy alto y flaco. Cuando el ave salió de la jaula el arquero tiró la flecha con velocidad y precisión. El ave pequeña se murió instantáneamente. El público aplaudió mucho.

El segundo arquero era muy bajo y su cara estaba escondida. Nadie sabía quién era. Iba a ser muy difícil ganar la competencia. Todos pensaban que el primer arquero iba a ganar.

Cuando la segunda ave salió de la jaula, otra ave también escapó. Entonces dos aves estaban en el aire. Rápidamente el arquero misterioso puso dos flechas en su arco y las tiró juntas. Increíblemente las flechas golpearon las dos aves al mismo tiempo. El público quedó en shock. Nadie había visto algo tan impresionante. Las aves se murieron instantáneamente y ¡el público aplaudió como loco!

—¿Quién es este arquero? —dijo el rey.

El arquero caminó a la familia real y la reina le dijo:

—Hombre, tú tienes una habilidad superior con el arco. ¿De dónde eres?

—Soy de aquí su Majestad —le respondió el arquero.

—¿De aquí? ¿Y por qué no te conozco? —respondió el rey.

—Pues, usted me conoce… papá.

En este momento el arquero reveló su identidad. ¡Era Imani, la hermana de Yanga!

—¡Imani! ¡Yo no sabía que eras arquera! —le gritó Yanga. Yanga la abrazó fuertemente.

—¡Ja, ja, ja! Tú no eres el único guerrero en la familia —le respondió Imani.

Los padres de Yanga e Imani quedaron en shock. Todos estaban sorprendidos de que una mujer tuviera esta habilidad; todos menos Yanga. Él sabía que su hermana era especial. Él sabía que ella tenía mucha valentía y talento.

Esa noche Jambaar, Imani y Yanga celebraron mucho. Los músicos tocaban y todos cantaron y bailaron el *doudoumba,* un baile que mostró la fuerza de los hombres y el talento de las mujeres.

Después de muchas horas de baile y celebración los tres amigos decidieron caminar antes de dormir. Exhaustos de las fiestas, los tres salieron de la plaza para buscar un poco de silencio. Llegaron a la puerta principal del reino donde había dos guardias.

—Ustedes no pueden salir. Está muy oscuro y no podemos garantizar su seguridad. Hay rumores de enemigos en el área.

—¡Yo soy Yanga, príncipe de este reino! ¡Y estoy con Jambaar e Imani! No necesitamos protección. ¡Abran paso[8]!

—Sí, su Majestad —respondieron los guardias.

---

[8] ¡Abran paso! - *Make way!*

Capítulo 4
El fin de la fiesta

Todo estaba más tranquilo. Los tres amigos hablaban y caminaban en paz. A ellos les gustaba la tranquilidad.

—Las fiestas son buenas, pero estoy exhausto —dijo Jambaar.

—Sí, yo necesitaba un poco de aire —respondió Imani—. Tengo dolor de cabeza.

—Y aquí hay tranquilidad y la luna es bonita —dijo Yanga.

Y los tres amigos llegaron a un arroyo donde bebieron un poco de agua. Todo estaba muy tranquilo. Ellos escuchaban el agua. Uno por uno, Jambaar, Imani y Yanga se durmieron.

◊ ◊ ◊

Mientras dormían, un grupo de hombres llegó en silencio. De repente, ¡atacaron!

—¡Corran! —gritó Jambaar con terror.

Yanga abrió los ojos y sintió un golpe en la cabeza. Vio unas manos y escuchó sus enemigos.

Un hombre gritó:

—¡Ayúdame con el grande! ¡No dejes que escape la chica!

Yanga sintió varios hombres golpeándolo y miró a Imani. Ella estaba en las manos de otros hombres. Jambaar estaba luchando para ayudarla. Jambaar tiró uno de los hombres contra un árbol. El hombre estaba inconsciente. Jambaar agarró a otro hombre y de repente hubo una explosión, ¡BUUUUMM! Jambaar gritó con dolor. Imani gritó de horror. Un hombre gritó:

—Idiota, ¿por qué lo mataste? ¡El más grande vale mucho!

—¡Él era muy fuerte! —respondió el otro hombre.

Yanga luchaba, pero no podía moverse. Tres hombres lo capturaron. Imani luchaba mientras los hombres la ponían en un carro. Yanga miró con terror y tristeza mientras Jambaar se moría en el suelo.

Hubo mucha confusión. Yanga e Imani fueron capturados y separados. Yanga tenía miedo. Estaba desorientado. Sintió dolor y terror. Yanga pensó, «¿Adónde me llevan? ¿Dónde está Imani? ¿Qué me está pasando?»

En la noche Yanga fue celebrado como el príncipe de su nación y ahora era un prisionero. Yanga no sabía nada de su destino.

Parte II
La noche larga

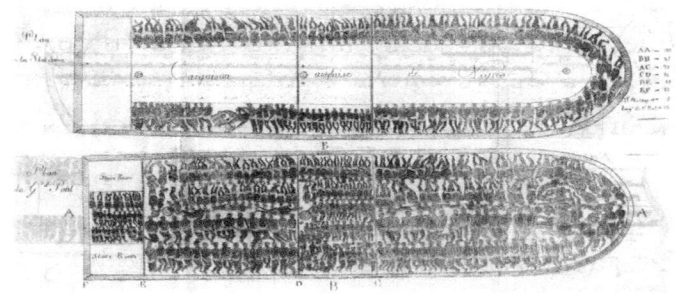

Capítulo 5
Barco del dolor

Todo estaba oscuro. Yanga tenía un dolor de cabeza terrible. Abrió sus ojos, pero no podía ver. Tenía miedo. El olor lo golpeó fuertemente. Yanga vomitó. No podía ver nada en la oscuridad total. Yanga pensó, «No puedo mover ni los brazos ni las piernas. ¿Dónde estoy? ¿Qué me pasó?»

Yanga trató de gritar, pero no podía. Sintió los brazos, las piernas, y los cuerpos de otras personas. «Todo se está moviendo. ¿Estoy en un barco? ¡Qué olor terrible!» Era el olor de vómitos y excremento. El olor de la muerte.

Todo se movía. El barco se movía y las personas movían sus brazos, sus piernas y las cadenas⁹ de metal. Era de noche. Era la noche larga. Yanga recordó el mensaje de su abuelo y la noche larga empezó.

En el barco, Yanga no sabía cuándo pasaban los días y las noches. Todo estaba oscuro. Era una noche larga. Sin fin.

---

⁹ cadenas - *chains*

Yanga trató de hablar con las otras personas:

—¿Dónde estamos?

Nadie respondió.

—¿Dónde estamos? —repitió Yanga más fuertemente.

Yanga escuchó a una mujer que hablaba un idioma extraño. Yanga no comprendió nada. Yanga repitió:

—¿Dónde estamos? ¿Alguien me comprende?

Otra voz respondió en su idioma:

—Fuimos esclavizados[10].

—¿Qué? No soy esclavo. Soy Yanga, príncipe de los bran.

—Aquí solo eres un esclavo —respondió la voz.

Yanga no habló más. ¡Tenía tanta sed! Quería llorar, pero no podía. Quería gritar, pero no podía. Quería escapar, pero no podía moverse.

De repente, tres de los hombres blancos entraron.

—¡Coman! ¡Animales! —les gritaron.

---

[10] esclavizados - *enslaved, made into slaves*

Los hombres eran como los hombres que mataron a Jambaar. Yanga tenía mucho miedo. Los hombres blancos les dieron una comida horrible. Muchas personas comieron la comida, pero un muchacho no quería comer. Los hombres blancos le gritaron:

—¡Come, esclavo!

El muchacho no comió. El hombre blanco más feo le gritó:

—¡Come! ¡Tienes que ser fuerte cuando te vendamos!

El muchacho no quería comer. El hombre blanco se puso furioso y le gritó:

—¡Si no abres la boca, yo la abro por ti[11]!

El hombre blanco sacó una cosa de metal y otro hombre blanco agarró la cabeza del muchacho. Usaron el aparato para abrir la boca del muchacho y forzaron la comida en su boca. El muchacho lloró.

Yanga observó todo con horror. Escuchó la cosa de metal que rompió los dientes del muchacho. Cuando terminaron, los hombres blancos salieron. Todos los africanos se quedaron en la oscuridad. El muchacho lloró tristemente.

---

[11] ... yo la abro por ti! - ... *I'll open it for you!*

◇ ◇ ◇

Los días pasaron y Yanga entró en una depresión profunda. No hablaba, ni comía mucho. Yanga pensó, «¿Adónde voy? No quiero vivir así.» Yanga quería morir.

Después de unos días más, los hombres blancos gritaron:

—¡Vamos! ¡Vamos a la cubierta[12] del barco!

Los hombres blancos pusieron a todos los africanos esclavizados en la cubierta del barco y gritaron.

—¡Bailen, animales!

Un hombre tocó un tambor. Nadie quería bailar. Nadie se movió. Los hombres blancos empezaron a golpear a los africanos.

—¡Bailen! ¡Bailen! —les gritaron.

Yanga pensó, «Prefiero morir que bailar. Voy a tirarme[13] al mar.» Yanga se acercó a la borda del barco[14]. «La muerte es libertad.»

Se acercó a la borda del barco. Los hombres blancos no lo vieron. Todos los africanos estaban moviéndose tristemente. Yanga llegó a

---

[12] cubierta - *deck*
[13] voy a tirarme - *I'm going to throw myself*
[14] borda del barco - *side of the ship, gunwale*

la borda del barco. Pensó, «Puedo tirarme al mar. Puedo morir y ser libre.»

Yanga se preparó para tirarse al mar.

De repente, escuchó una voz.

—Yanga. No te rindas[15].

—¿Abuelo? —dijo Yanga con confusión.

—Después de la noche larga, la mañana llegará. No te rindas, Yanga.

Al escuchar la voz Yanga se dio cuenta de que[16] no podía morir. Recordó a su abuelo.

---

[15] no te rindas - *don't give up*
[16] se dio cuenta de que - *he realized*

Yanga tenía la fe de continuar. Yanga pensó, «No puedo rendirme. Tengo que seguir viviendo. Después de la noche, la mañana llegará.»

Capítulo 6

Veracruz

Por fin, el barco llegó a su destino. Yanga y todos los africanos que sobrevivieron al viaje se bajaron en el puerto de Villa Rica de la Veracruz, Nueva España. Ahora todas las personas *bakongo, mandinga, bran, gbe, akan, wólof, dahomey, mbundu* eran consideradas, por los blancos, negros esclavos y nada más. Sus etnicidades, lenguas, nombres, religiones, familias, labor y talentos fueron robados por los bandidos blancos y los africanos estaban destinados a trabajar en los campos de la caña de azúcar[17] o las minas de plata[18].

Al bajarse del barco, todos estaban tristes, en cadenas, y traumatizados. Yanga miró el barco. Pensó, «Muchas personas están saliendo del barco. ¿Está Imani? No la veo.» Cientos de personas; niños, mujeres y hombres salieron del barco en cadenas.

Yanga pensó, «No veo a nadie que conozco. Estoy solo. ¿Qué me va a pasar?»

---

[17] caña de azucar - *sugar cane*
[18] minas de plata - *silver mines*

El día siguiente dos hombres blancos sacaron a Yanga de la prisión. Lo examinaron como si fuera[19] un animal. Yanga no sabía que los hombres eran Don Orlando Ximénez, el dueño de una hacienda[20] muy grande y Roberto, el capataz[21] de la hacienda:

–¡Abre la boca, negro! –le gritó Roberto, el capataz. Él agarró la boca de Yanga y la abrió a la fuerza. Miró los dientes perfectos de Yanga y dijo:

–¡Este negro tiene dientes perfectos! Yo los quiero para mí.

–No seas tonto[22], Roberto, este negro está en buena condición y va a cortar mucha caña de azúcar. Es fuerte. Puedes tener los dientes después de que se muera, si los quieres.

–Gracias, Don Orlando –respondió Roberto.

Yanga no comprendió el idioma, pero sabía que los hombres blancos lo estaban examinando.

Don Orlando preguntó:

–¿Cuánto cuesta este negro?

---

[19] como si fuera - *as if he were*
[20] hacienda - *farm, ranch, estate, plantation*
[21] capataz - *overseer*
[22] no seas tonto - *don't be foolish*

—Pues, ese negro es fuerte. Cuesta quinientos pesos.

Roberto le dijo:

—¡Quinientos pesos es mucho, Don Orlando! Ningún negro vale tanto[23]. Usted sabe que los negros se mueren rápidamente en los campos de caña de azúcar.

—Es verdad, Roberto, muchos negros no viven mucho tiempo trabajando en los campos de azúcar. Pero este negro es diferente. Él va a vivir por muchos años. Es musculoso. Lástima que sea negro, tiene pinta de líder[24].

Don Orlando pagó quinientos pesos por Yanga y pensó que Yanga iba a ser un esclavo bueno. Roberto encadenó a Yanga a su carro. Yanga estaba encima de frijoles y arroz. Yanga solo era un producto para la hacienda.

Desde el carro Yanga podía ver la ciudad de Veracruz. Pensó, «La gente de aquí tiene todos los tonos de piel: negra, de color café y blanca. Este es un mundo diferente, qué interesante. ¿Qué es este reino? ¿Dónde estoy?»

Yanga olía[25] muchas comidas y tenía mucha hambre. Escuchó muchos idiomas diferentes de

---

[23] vale tanto - *is worth that much*
[24] tiene pinta de líder - *he looks like a leader*
[25] olía - *smelled*

las personas de diferentes colores. El carro pasó por una plaza grande. Yanga vio un palacio muy grande. El palacio tenía dos palos cruzados[26] encima de un domo.

Cuando vio el palacio y la plaza grande, él pensó, «Esta ciudad es como las grandes ciudades en África, como Tombuctú, Djenné y Gao.» Yanga recordó las inmensas mezquitas[27]

---

[26] palos cruzados - *crossed sticks*
[27] mezquitas - *mosques*

de los musulmanes[28]. Recordó las plazas inmensas con productos de muchas naciones.

Al salir de Veracruz, Yanga vio muchas caravanas que entraban y salían por un camino principal. Algunos carros tenían muchos guardias. Yanga pensó que llevaban bienes de mucho valor.

Después de unas horas de camino, ellos llegaron a la inmensa hacienda de Don Orlando Ximénez.

---

[28] musulmanes - *Muslims*

Capítulo 7
Esclavitud

Los campos de caña de azúcar parecían un mar de verde. Los negros trabajaban mientras hombres blancos a caballos los vigilaban con látigos y mosquetes[29]. Yanga vio el trapiche, el lugar donde procesaban la caña de azúcar. En el

---

[29] látigos y mosquetes - *whips and muskets*

centro de la hacienda, había la casa de Don Orlando Ximénez, una mansión muy grande.

Roberto, el capataz, llevaba a Yanga a las casitas de los esclavos.

—Bienvenido al infierno —le dijo Roberto.

Yanga se levantó todavía encadenado y miró ferozmente a Roberto.

—Don Orlando te compró, pero aquí, yo soy tu dueño —Roberto le golpeó a Yanga al estómago—. Te voy a hacer trabajar hasta la muerte porque yo quiero tus dientes. No vas a vivir ni un año. ¡Tráiganme la equis!

Yanga no sabía que estaba pasando. Pero cuando un hombre entró con un hierro caliente[30], Yanga se dio cuenta y miró a Roberto con ojos determinados. Roberto tomó el hierro caliente y le dijo:

—Este es la «X» de Don Orlando Ximénez. ¿Me comprendes, negro?

Yanga vio el hierro caliente sin miedo. Roberto puso el hierro caliente en el pecho de Yanga. Yanga no gritó, no mostró ningún miedo, solo miró firmemente a los ojos de

---

[30] hierro caliente - *hot iron*

Roberto. Fue una mirada que Roberto nunca olvidaría[31].

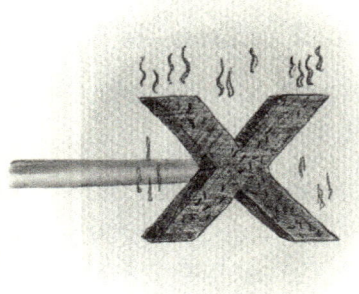

◇ ◇ ◇

El día siguiente, una mujer de la hacienda le dio a Yanga un poco de agua y comida. Ella le dijo:

—Dios te bendiga, mi amigo —y ella hizo la señal de la cruz sobre su cuerpo.

Yanga respondió:

—¿De qué dios hablas?

—El Dios cristiano. El Dios de aquí.

—¿Es bueno este Dios? —respondió Yanga.

---

[31] nunca olvidaría - *would never forget*

—Sí, ellos dicen que es muy poderoso y que puede curar a los enfermos.

—Entonces, gracias mujer.

Después, Yanga caminó con muchos africanos esclavizados a los campos de caña de azúcar. La «X» en su pecho sangraba.

Yanga miró las caras de sus compañeros. Muchos tenían miedo en sus ojos. Los hombres blancos a caballo les gritaban y los golpeaban.

Todos los días, Yanga y sus compañeros cortaban la caña de azúcar. No podían descansar mucho. Hacía mucho calor bajo el sol. Yanga pensó, «Abuelo, ¿esto es parte de la noche larga? Después de la noche la mañana llegará, ¿verdad?»

Todos los días Yanga cortaba la caña de azúcar. Su cuerpo se puso muy flaco porque no comía mucho. Yanga pensó, «¿Dónde está Imani? Yo soy un príncipe de la nación *bran*. No puedo continuar así. Mi padre es un rey. Mi madre es una reina. No voy a continuar así.»

Una noche, después de trabajar, Yanga habló con sus compañeros:

—Cuando vivía en Senegambia, yo era un príncipe. Mi padre es un rey y mi madre es una reina.

—¿Y ahora? Eres un esclavo —respondió su amigo Kwame.

—Kwame, no soy esclavo en mi corazón. Mi espíritu es libre. Un día, voy a escapar.

—¡Shhhh! ¡No hables así! —Kwame dijo con miedo—. Las personas que tratan de escapar siempre, siempre son capturadas y las matan.

—Y las personas que están aquí siempre se mueren. ¿Cuál es la diferencia, Kwame?

—No sé —le respondió.

—Yo sé la diferencia —dijo Yanga—. Los que tratan de escapar se mueren luchando y los que se quedan aquí se mueren enriqueciendo[32] a Don Orlando Ximénez.

—Sí, pero si te capturan, te van a torturar. Al último hombre que trató de escapar lo torturaron y le cortaron la cabeza en frente de todos.

—Porque estaba solo —dijo Yanga con intensidad.

—¿Qué? —le preguntó Kwame.

—Porque trató de escapar solo. ¿Y si un grupo de nosotros escapamos juntos?

—No sé. Es muy peligroso.

---

[32] eriqueciendo - *enriching*

—Sí, es peligroso, pero ¡juntos podemos! —dijo Yanga con fuego en sus ojos.

Esa noche Yanga plantó una semilla, pero no fue una semilla de caña de azúcar. Plantó la semilla de una rebelión.

Capítulo 8
Rebelión

En los campos de la caña de azúcar los africanos cantaban. Cantaban para ser unidos y para sufrir menos. Pero ese día, Yanga cantó una canción diferente.

Yanga cantó:

*El león no ha comido.
El león tiene hambre.*

*El león elegante
quiere comer un elefante.*

*Pero un león es muy pequeño,
comparado al elefante.*

*Si los leones quieren comerlo,
ellos tienen que juntarse.*

Y los otros empezaron a cantar lo mismo:

*El león no ha comido.
El león tiene hambre.*

*El león elegante
quiere comer un elefante.*

*Pero un león es muy pequeño,
comparado al elefante.*

*Si los leones quieren comerlo,
ellos tienen que juntarse.*

Yanga continuó:

*Los leones se juntaron,
en la noche más oscura.*

*Los leones empezaron
la caza más dura.*

*Los gritos de los leones
dan miedo al elefante.*

*Los leones comen bien,
cuando la noche es brillante.*

*Los leones comen bien,
cuando la noche es caliente.*

Después, en la noche Yanga habló con sus compañeros en voz baja:

—¿Creen que los otros comprendieron el mensaje de la canción?

—Espero que sí —respondió Kwame.

—La noche más oscura es la noche sin luna. La noche sin luna viene pronto. ¡Estoy listo! —dijo Yanga—. No quiero vivir más como esclavo. ¡Soy príncipe y quiero ser un rey!

Llegó la noche sin luna, la noche más oscura. Todo estaba oscuro. Yanga salió de su casita con

Kwame y otros compañeros. Yanga quería hacer una distracción para empezar la rebelión. Ellos prendieron fuego a las casas. Yanga y Kwame gritaron:

—¡Fuego! ¡Fuego!

De repente Roberto, el capataz de la hacienda, llegó con unos guardias. Roberto gritó:

—¡Negros estúpidos! ¿Qué pasa aquí? Necesitamos agua para el fuego. ¡Rápido!

Yanga, Kwame y tres hombres agarraron a los hombres blancos. Yanga gritó:

—¡Ataquen! —Yanga, Kwame y los otros hombres atacaron a los guardias con machetes. Ellos lucharon con una intensidad feroz. Ellos estaban muy enojados y lucharon fuertemente. Después de matar a los guardias, Yanga gritó:

—No maten al capataz, Roberto —dijo Yanga—. Tengo algo especial para él.

Había fuego por todas partes. Los campos de azúcar, los trapiches, hasta la mansión de Don Orlando se quemaba. Los africanos no tenían mucho tiempo. De pronto, llegarían tropas de las otras haciendas. Tenían que escapar, pero Yanga tenía una cosa más que hacer. Yanga le dijo a Kwame:

—Kwame, agarra a Roberto, y vengan conmigo.

—¿Qué? ¿Adónde vamos, esclavo? —dijo Roberto con terror en sus ojos.

—Me llamo Yanga. No soy esclavo.

De repente, Kwame llegó con un hierro caliente. Roberto vio el hierro y le dijo:

—¡No, esclavo, no! ¡No me quemes con la «X»!

Yanga agarró un martillo[33] grande y rompió una parte del hierro caliente. Le gritó:

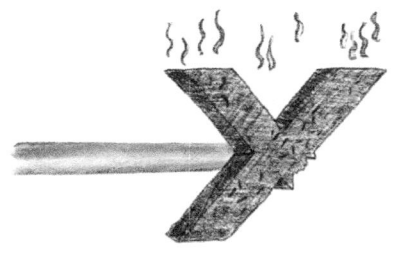

—Ya no es la «X» de Ximénez. ¡Es la «Y» de Yanga!

Roberto gritó con terror y quedó inconsciente después de que el hierro caliente

---

[33] martillo - *hammer*

penetró su piel. Yanga lo miró por un momento y gritó:

—¡Al monte! ¡A la libertad!

—¡Libertad! ¡Libertad! ¡Libertad! —gritaron los africanos mientras salían de la hacienda.

Aquella noche, hombres, mujeres y niños escaparon de la esclavitud y corrieron hacia las montañas. No sabían nada de su futuro. Todos estaban emocionados, pero tenían miedo. Yanga mostró mucha fuerza y valentía.

Sin embargo, Yanga pensó, «Abuelo, esté conmigo, porque yo no sé qué va a pasar.»

Parte III
Libertad en el monte

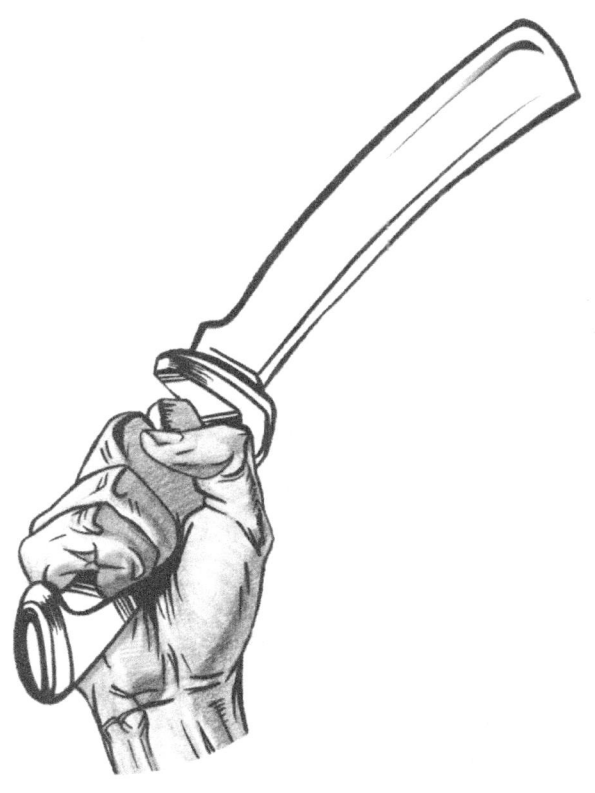

Capítulo 9
Al monte

La alegría de la victoria no duró mucho[34]. Yanga pensó, «Abuelo, tenemos que correr rápidamente. Los españoles tienen perros feroces. No tengo tiempo para el miedo.»

---

[34] no duró mucho - *didn't last long*

Yanga no sabía exactamente adónde ir, pero sabía que el monte ofrecería protección. Yanga y el grupo caminaron toda la noche.

En la mañana, Yanga les dijo:

—Tenemos que dividirnos. Los blancos no pueden capturarnos si estamos en grupos pequeños. Si nos atacan por un lado, podremos hacer un contraataque por otro lado.

Un hombre gritó:

—Pero, Yanga, no podemos caminar más. Los niños y las personas viejas están muy cansados.

Yanga vio a una mujer vieja que estaba muy cansada. Le dijo:

—¿Me permite llevarla, abuela?

—Sí, Yanga. Está bien.

Yanga levantó a la señora vieja en sus brazos y les dijo a todos:

—Los adultos más fuertes tienen que llevar a las personas cansadas. No podemos descansar. Tenemos que correr rápidamente.

Todos los hombres y las mujeres más fuertes llevaron a las personas más cansadas. Así continuaron por tres días. Por fin, llegaron a la región más áspera[35] del monte. Yanga pensó, «Esta es la región menos accesible. Ningún caballo puede penetrar estas rocas.»

Yanga gritó:

—¡Ya llegamos! Aquí vamos a construir nuestro palenque[36]. Los blancos no pueden penetrar esta parte del monte. Aquí estamos seguros.

Los primeros meses fueron muy difíciles, no había comida suficiente y la gente tenía hambre. Sin embargo, toda la gente se unificó bajo Yanga. Yanga habló con todos:

—Somos de naciones diferentes y hablamos idiomas diferentes, pero aquí somos hermanos. Algunos de nosotros éramos rivales, pero ahora somos una familia. Para sobrevivir, tenemos que luchar y trabajar juntos.

Todos tenían un espíritu nuevo a causa de su libertad. Construyeron empalizadas[37] y casas. Para la comida, unos buscaron animales, otros buscaron plantas para comer y otros prepararon la tierra para los cultivos. Sin embargo, la

---

[35] aspera - *rough, harsh*
[36] palenque - *communities formed by self-liberated Africans in Latin America; created to claim their freedom from slavery and resist re-enslavement*
[37] empalizadas - *palisades, a fence of wooden stakes, forming a defensive wall*

comida no era suficiente para todos y muchas personas tenían hambre.

Yanga no quería salir de la seguridad del monte, pero era obvio que su gente necesitaba comida y productos. El miedo de los blancos se convirtió en miedo del hambre.

Yanga le dijo a Kwame:

—Kwame, no podemos esperar más. Voy a formar un grupo de ataque y vamos a atacar las haciendas para buscar comida, armas y productos.

—Sí, Yanga.

—Búscame veinticinco de los hombres más fuertes. Quiero hombres que eran guerreros en África.

—Sí, Yanga. Ya voy.

Al día siguiente, Yanga juntó a todos los guerreros. Ellos eran guerreros con habilidades de lucha y valentía sin igual. Yanga pensó, «Tengo que unificar a este grupo para crear una fuerza invencible, sin miedo y lista para morir por sus compañeros.»

Les dijo:

—Hoy, vamos a volver a las haciendas. Pero no como esclavos, sino como guerreros de la libertad. Vamos a tomar comida, armas, materiales y semillas. Pero no robamos. Estamos cobrando[38] a los españoles por lo que nos han robado; ¡nuestra labor, nuestros talentos y nuestra libertad!

—¡¡¡Síííí!!! —gritaron los guerreros con mucha emoción y energía.

—¡Vamos a ganar!

Yanga y sus tropas se prepararon. Llevaron machetes, arcos y flechas y un mosquete. La misión principal era tomar comida y armas. Varios exploradores hicieron un mapa de la región. Yanga les explicó a los guerreros:

—Las haciendas están hacia el sureste.

Un guerrero dijo:

—Yo sé dónde hay una hacienda con mucha comida y armas. Yo pasé por allí un día.

—Muy bien —le dijo Yanga—. Vamos allí.

Yanga y los guerreros caminaron por la densa vegetación. Durante el segundo día, ellos vieron un camino en la distancia. Observaron una caravana con muchos carros y guardias.

---

[38] cobrando - *charging*

—Este es el camino real[39] —dijo uno de los guerreros a Yanga.

—¿Qué es el camino real? —le preguntó Yanga.

—El camino real es el camino principal de los blancos. Ellos usan el camino real para transportar todos los productos de la costa a la capital y de la capital a la costa.

—Es un buen lugar para una emboscada[40] —respondió Kwame.

—Sí. Pero primero vamos a la hacienda. Necesitamos comida y armas. Todo depende de este ataque —respondió Yanga.

En la noche, Yanga y sus guerreros llegaron a la hacienda. Observaron todo. Yanga dijo en voz baja:

—Allí están las casitas de los esclavos y los almacenes[41]. Kwame, vamos más cerca.

Al llegar muy cerca ellos podían escuchar las voces. Yanga le dijo en voz baja:

—Esa voz es familiar. Voy a ver quién es.

—Ten cuidado, Yanga.

---

[39] camino real - *royal road*
[40] emboscada - *ambush*
[41] almacenes - *storehouses*

Cuando Yanga llegó a la casita de los esclavos, vio algo que no podía creer. Le dijo a Kwame en voz baja:

—Kwame, no lo puedo creer.

—¿Qué pasó?

—Es mi hermana, Imani.

Capítulo 10
Guerreros de la libertad

Yanga sintió muchas emociones. Él pensó, «No lo puedo creer. Pensé que nunca iba a ver a Imani de nuevo. Pero es Imani, veo a mi papá y a mi mamá en sus ojos.»

Yanga le dijo en voz baja:

—Pssst, Imani.

Imani miró hacia el sonido.

—¿Qué? —le respondió.

—¡Soy yo, Yanga!

Los ojos de Imani abrieron con emoción. Ella le dijo:

—¿Yanga? Pero ¿cómo?

—Mañana te voy a buscar en los campos de caña de azúcar —le dijo Yanga.

—Sí, hermano. Hasta mañana.

Yanga y Kwame volvieron a los otros guerreros. Yanga les dijo:

—¡Mi hermana está allí! Yo no sabía nada de ella después de que fuimos capturados. Mañana, voy a hablar con ella en los campos de caña de azúcar. Ella es muy valiente, talentosa. Ella nos puede ayudar.

–¡Qué bueno, Yanga! –le dijo un guerrero, –estoy contento que hayas encontrado a tu hermana.

–Mañana después de hacer un plan con mi hermana, vamos a atacar.

Al día siguiente, Yanga entró al campo de caña de azúcar. Tenía recuerdos horribles de su tiempo en la hacienda. Yanga fue hacia los trabajadores cuidadosamente y no sabía cómo iba a encontrar a Imani. De repente, escuchó a su hermana. Yanga sabía inmediatamente que era Imani. Ella cantaba una canción que su madre cantaba en África.

Yanga llamó la atención de su hermana. Imani sabía que el capataz la podía escuchar, entonces ella cantó en el idioma de los *bran*. Ella cantó:

Hermano, me hacías mucha falta[42].

La vida es muy difícil.

Estoy contenta de verte vivo.

¿Qué haces aquí mi hermano?

---

[42] me hacías mucha falta - *I've missed you a lot*

Yanga respondió cantando también. El capataz pensaba que él era uno de los otros esclavos.

Hermana, vengo para liberarte[43].

Tengo un lugar seguro

donde podemos ir.

Esta noche atacaremos.

Necesitamos comida y armas.

Imani respondió:

Ven al almacén esta noche.

Solo hay dos guardias.

Cuando hago una distracción,

ustedes pueden atacar.

Yanga le cantó:

Muy bien, hasta pronto.

Esta noche vas a ser libre.

Después de cantar, Yanga salió e Imani siguió trabajando como si nada hubiera pasado[44]. Su corazón palpitaba[45] fuertemente.

---

[43] liberarte - *to liberate you*
[44] como si nada hubiera pasado - *as if nothing had happened*
[45] palpitaba - *beat*

Esa noche, Yanga y sus tropas fueron al almacén. Solo llevaban machetes. No tenían el mosquete porque no querían alarmar a los guardias. Los guerreros de Yanga sabían el arte del combate, ellos se movieron en silencio total.

Yanga vio el almacén. Vio a los dos guardias. De repente, Imani llegó. Ella caminó directamente hacia los guardias. Yanga pensó «¿Qué está haciendo? ¿Por qué está hablando con ellos?»

Un guardia le dijo a Imani:

—¿Qué haces por aquí?

—No podía dormir. Yo quería caminar.

—¡No está permitido caminar! —le dijo el otro guardia enojado.

—¡Yo hago lo que quiero, idiota! —le respondió Imani enojada.

El guardia trató de agarrar la mano de Imani, pero ella agarró la mano de él. Ella lo tiró al suelo. El otro guardia trató de pegarle a Imani, pero Yanga llegó con toda velocidad y lo mató con su machete. Otro guerrero llegó con su machete y mató al segundo guardia. Los dos estaban muertos. Todo pasó muy rápido y en silencio total. Sus cuerpos sangraban en el suelo.

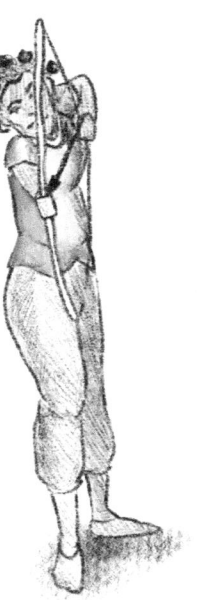

Yanga le dio un arco y flechas a Imani y le dijo:

−Vigila la puerta. Vamos a agarrar la comida y las armas.

Yanga y sus guerreros entraron al almacén. Encontraron arroz, frijoles, semillas y cinco mosquetes con balas[46]. Llevaban todo lo que podían llevar.

De repente, otro guardia llegó. Él vio a los guardias muertos e iba a dar el grito de alarma. Pero Imani tiró una flecha con toda velocidad y lo silenció. La flecha entró en su boca y el guardia ya no pudo gritar.

Yanga le dijo:

−Buen tiro, hermana. Nos salvaste.

---

[46] balas - *bullets*

Yanga, Imani y los guerreros desaparecieron en la noche. Llevaron muchos materiales y corrieron con mucha alegría hacia las montañas.

Celebraron una victoria total, sin embargo, a la mañana siguiente, Imani le dijo a Yanga con urgencia:

—Yanga, alguien nos está siguiendo. Hay un espía.

Capítulo 11
El espía

Yanga respondió:

—¿Qué? Mis tropas están vigilando. No hay ningún espía.

—Yanga, yo sé que alguien nos está siguiendo. Estoy totalmente segura.

—Pero, si alguien descubre la locación de la comunidad, todo estará perdido.

—Yo sé. Tenemos que matar al espía.

Yanga llamó a la retaguardia[47] y les preguntó:

—¿Ustedes han visto algún espía?

—No, no hemos visto a nadie —le respondieron.

—Entonces, Imani. ¿Cómo explicas tu intuición?

—Pues, es un guerrero muy talentoso. Es como una pantera. Déjame matarlo. Cuando ustedes se vayan mañana, voy a esconderme en un árbol. Y de allí, lo mataré.

---

[47] retaguardia - *rear guard*

—Está bien. Pero yo voy a estar contigo —le respondió Yanga—. No voy a perderte de nuevo.

◇ ◇ ◇

El día siguiente, cuando los otros guerreros salieron, Imani y Yanga se escondieron en un árbol. Se quedaron en silencio total.

De repente, Imani vio algo. Una persona salió de la nada y empezó a seguir a los guerreros. Rápidamente, Imani puso una flecha en su arco. Pero antes de tirar la flecha, ella hizo un sonido por accidente: ¡CRAC! La persona escuchó el sonido y desapareció corriendo.

Imani lo siguió a toda velocidad. El espía corrió muy rápido. Desapareció. Imani estaba totalmente sola. Caminó en silencio, su arco listo con una flecha. Ella buscó al espía, pero no vio a nadie.

–¡¡¡AAAAAAAAHHH!!!

La persona le cayó encima[48]. Imani se cayó al suelo y empezó a luchar. Ella lo tiró a un lado fácilmente y levantó una flecha para matar al espía cuando Yanga llegó y gritó:

–¡No Imani! ¡No lo mates! ¡Es un niño!

Imani lo miró. El espía no era un espía, era un niño, un niño africano. El niño la miró con ojos determinados. Imani le dijo:

–¿Quién eres?

–Soy Francisco.

–¿Por qué nos estás siguiendo? ¿Qué quieres?

–Yo quiero lo mismo que tú, la libertad.

---

[48] le cayó encima - *fell on top of her*

Capítulo 12
Familia unida

Cuando Yanga, Imani y los guerreros volvieron a la comunidad, todas las personas celebraron. Los guerreros tenían mucha comida y celebraron con una gran fiesta. El niño Francisco estaba muy emocionado y las personas en la comunidad le ofrecieron mucho amor.

Yanga todavía estaba en un estado de alegría y shock porque había encontrado a su hermana, Imani. Le dijo:

—Imani, no puedo creer que estés aquí. Pensé que estabas muerta.

—Yanga, los ancestros nos están cuidando.

—Sí. Quiero que seas mi consejera.

—Será un honor, hermano.

—En África, yo era un príncipe, aquí, yo soy el rey.

—Tu destino es ser un rey, Yanga. Y ahora es una realidad. Tu gente necesita tu fuerza y confianza.

—Y yo necesito tu fuerza y ayuda, mi hermana.

—Siempre voy a estar contigo, hermano. Ve, habla con tu gente. Ellos quieren escuchar a su rey.

Con mucha energía, Yanga habló con toda la comunidad. Les dijo:

—Mi gente, yo sé que la vida no es fácil. Sin embargo, los ancestros están aquí. Los ancestros me dijeron que con unidad y con trabajo duro defenderemos nuestra libertad. Vamos a estar seguros. Vamos a prosperar.

Los blancos nos robaron de nuestras familias y tierras. Nos robaron la dignidad y la libertad. Nos mutilaron con sus hierros calientes y nos trataron peor que los animales. Sin embargo, no nos rendimos. Y ahora, *nosotros* somos una familia. *Esta* es nuestra tierra. Tenemos nuestra dignidad y demandamos nuestra libertad. ¡Libertad hoy, libertad mañana, libertad para siempre!

Todas las personas gritaron con emoción y alegría. Todos tenían esperanza y fe en su líder. Un hombre gritó:

—¡Yanga es el Rey!

Y todos gritaron:

—¡Rey Yanga! ¡Rey Yanga! ¡Rey Yanga!

Aquella noche todos celebraron bailando y cantando canciones de África. Los grupos diferentes hicieron bailes tradicionales de sus pueblos: *bakongo, mandinga, bran, gbe, akan, wólof, dahomey y mbundu*. También, bailaron el fandango de Veracruz. Algunos celebraron el Dios cristiano y sus santos. Tocaron tambores hechos de madera y cuero[49]. Las mujeres bailaron en grupos y los hombres bailaron en grupos. Yanga miró todo con Imani a su lado. Le dijo:

—Estos ritmos me llevan a nuestro reino.

—Sí, Yanga. Todos estamos volviendo a casa en nuestros corazones —respondió Imani.

Cuando bailaban, los problemas desaparecían y el ritmo los movía. La gente se movía como una sola persona. Yanga y su gente dieron gracias a los ancestros. Yanga e Imani miraron a su gente con orgullo y fe.

De repente, el niño Francisco entró en el círculo y empezó un baile fascinante.

Francisco dio vueltas y patadas[50]. Imani dijo:

—Está luchando y bailando a la vez.

---

[49] hechos de madera y cuero - *made of wood and leather*
[50] dio vueltas y patadas - *spun around and kicked*

—Sí, es fascinante. Este muchacho tiene mucha habilidad y fuerza.

Todo el mundo estaba fascinado con el niño. Luego, otro hombre de Angola entró para bailar con Francisco. Ellos bailaron como si estuvieran luchando, pero no se golpearon. Yanga pensó, «Este muchacho va a ser un gran guerrero.»

Yanga se sentó frente a Francisco y le dijo:

—¿De dónde eres?

—Soy de Angola.

—¿Cómo se llama este baile?

—Se llama *engolo*[51], mi Rey. Todos los guerreros de Angola bailan *engolo*. Mi padre es guerrero y mi abuelo también. Ellos me enseñaron.

—Muy bien, Francisco. ¿Dónde están tus padres ahora?

Francisco miró hacia el suelo con tristeza:

—Mi padre murió cuando me capturaron. Mi madre, no sé. Ella está en Angola.

Yanga lo miró a los ojos y le dijo:

—Ahora, tú eres *mi* hijo. Imani y yo somos tu familia. Un día vas a ser un gran guerrero.

—Gracias, mi Rey.

Imani y Yanga abrazaron a Francisco.

---

[51] engolo - *an Angolan ritual combat dance, the dance from which capoeira was developed in Brazil.*

Capítulo 13
Construyendo un palenque

Ahora Yanga tenía que crear un palenque fuerte. Él pensó, «Las fortificaciones son fuertes. Las casas están construidas. Pero necesito unificar a todas estas personas de partes diferentes del África del oeste. Todos tienen culturas, idiomas y religiones diferentes y algunos grupos son rivales.» Yanga habló de su preocupación con Imani y Kwame. Les dijo:

—Hay muchas personas diferentes aquí. ¿Cómo vamos a gobernar y organizar a todos? Algunos grupos eran rivales en África y no quiero que haya tensión.

—Es verdad. La unidad es esencial. Un rey necesita la unidad de todas las personas —le respondió Kwame.

Imani dijo:

—Necesitas formar un consejo con un representante de cada nación. Así que todos los grupos tendrán representación.

Yanga respondió:

—Tienes razón, Imani. Voy a hacerlo.

Yanga también tenía que gobernar el palenque con muy poco. Ellos vivían en las montañas más ásperas. Yanga pensó: «Tengo que ser fuerte para mi gente. Debo escuchar a todos, y necesito ser duro y justo. Más que todo, no puedo mostrar ningún miedo.» Yanga sentía mucha presión y rezaba mucho para calmar sus nervios.

En la noche, Yanga juntó a todos los miembros del palenque para hablarles. Les dijo:

—Nuestras vidas dependen de nuestra cooperación y unidad. Si vamos a prosperar aquí, todos tenemos que participar. Por eso, vamos a tener un consejo con miembros de cada nación.

La gente aplaudió con entusiasmo.

Yanga continuó:

—Aquí, encima de la montaña, estamos seguros. Las fortificaciones son fuertes. Hay un río que bloquea el enemigo. Aquí tenemos los mejores carpinteros e ingenieros[52] para construir una fortaleza impenetrable con trampas escondidas. Vamos a construir un camino encerrado con empalizadas[53]. Vamos a poner rocas grandes encima de la montaña para soltar si nos atacan.

Los ancestros quieren que prosperemos física y espiritualmente. ¡Construiremos un templo para celebrar los ritos ancestrales y el Dios cristiano si quieren!

Con esto todos gritaron con pasión y alegría. Las personas no tenían la oportunidad de celebrar su religión original cuando estaban esclavizadas. Ahora tenían la opción de celebrar cómo querían y sentirse más cerca de sus familias y las tradiciones de África.

Yanga siguió:

---

[52] carpinteros e ingenieros - *carpenters and engineers*
[53] encerrado con empalizadas - *enclosed with barricades*

—Cada persona en el palenque tiene una responsabilidad. Unas personas van a plantar maíz, frijoles y tabaco. Los artesanos van a hacer lanzas, arcos y flechas y ollas de cerámica[54].

Además, vamos a mandar personas para hablar con la gente indígena que vive en el monte. Vamos a intercambiar[55] comida, artesanías y armas. Y vamos a crear buenas relaciones con ellos.

Nuestro viaje en el barco y nuestras experiencias en las haciendas nos han unificado[56]. Ahora somos una familia y ¡no nos vamos a rendir, nunca!

La gente aplaudió con entusiasmo y alegría. Tenían mucha fe en su rey.

Yanga e Imani entrenaron a los guerreros para hacer más misiones. Imani les enseñaba a todos cómo tirar el arco con una precisión letal. Yanga les enseñaba la táctica militar y el combate. El joven Francisco de Angola siempre observaba todo. Yanga les dijo a los guerreros:

---

[54] ollas de cerámica - *ceramic pots*
[55] intercambiar - *trade*
[56] nos han unificado - *have unified us*

—Los guerreros necesitan una disciplina y una fuerza increíbles. Deben usar el camuflaje para desaparecer como fantasmas.

Pero, aunque todo iba bien en el palenque y Yanga parecía invencible, él tenía sus dudas personales. Cada noche Yanga rezaba y hablaba con los ancestros. Una noche, cuando estaba solo en templo él dijo:

—Abuelo, tengo mis dudas. Estamos seguros aquí en la fortaleza, pero no tenemos suficientes cosas. Tenemos que atacar para tomar más armas y materiales, pero tengo miedo de perder. No quiero sacrificar ni *uno* de mis guerreros. Quiero ganar sin perder a nadie. ¿Qué debo hacer, abuelo?

Yanga estaba en silencio por muchos minutos. Solo respiraba. Luego dijo:

—Abuelo, ¿estás allí? Te necesito.

Yanga se quedó en silencio y luego escuchó una voz familiar:

—Yanga, tu miedo es falso. Tú sabes lo que tienes que hacer.

—¿Abuelo?

—Sí, soy yo.

—Pero abuelo, tengo miedo de perder. Tengo miedo de morir. Tengo dudas, abuelo.

—Tú sabes que el miedo es falso y que la valentía es la verdad. No te rindas al miedo. Ten fe en los ancestros. Siempre estamos, siempre contigo. Yanga, no puedes perder.

—Gracias, abuelo. No me voy a rendir al miedo. No me voy a rendir a nada, ni a nadie.

Yanga estaba listo para atacar. Estaba listo para atacar el camino real porque ahora creía que no podía perder, nunca.

Capítulo 14
Ataque en el camino real

Antes de salir de la fortaleza, toda la gente cantó y celebró la valentía de los guerreros. Yanga hizo una ceremonia en el templo. Imani y Yanga pusieron dos flechas en frente del altar. Al salir del templo el joven Francisco les dijo:

−Por favor, yo quiero ir con ustedes. ¡Estoy listo!

−¡NO! −le dijeron Yanga e Imani.

−Francisco, tú eres muy joven para el combate −le explicó Imani.

−Sí, el combate es muy peligroso −respondió Yanga firmemente.

−¡Pero...

−Ya dijimos que ¡no! −le dijo Yanga con intensidad−. No puedes ir, Francisco.

Francisco se puso triste y les dijo:

−Es que, no quiero perder a ustedes. Ya he perdido a mis padres. No quiero perder a ustedes también.

Imani le dijo, −No te preocupes, Francisco. Volveremos.

Yanga, Imani y los guerreros salieron de la fortaleza con sus armas y bajaron la montaña. Caminaron por unos días y cuando llegaron al camino real, buscaron un buen lugar para hacer una emboscada. Imani le dijo a Yanga:

—El camino pasa entre estos dos montes. Es el lugar perfecto para la emboscada.

Yanga respondió:

—Sí, Imani, tienes razón. —Entonces gritó—: ¡Guerreros, escóndanse entre la vegetación y las rocas! Vamos a esperar que llegue una caravana.

Los guerreros esperaron. Pasaron el día en silencio. Los guerreros eran invisibles a causa de su camuflaje perfecto. Después de dos días, una caravana iba llegando. Los guerreros se prepararon. El corazón de Yanga palpitaba como loco y él pensó: «Abuelo, esté conmigo durante este ataque.»

La caravana española iba llegando con un carro de bienes y comida. Pero había algo más. En otro carro, Yanga vio una jaula con personas. Eran negros. Eran africanos esclavizados. Yanga pensó: «Gracias, abuelo. Hoy vamos a liberar a nuestros hermanos africanos.»

Cuando la caravana pasó por los dos montes, Yanga gritó:

—¡Ataquen! ¡No maten a los africanos! ¡Son nuestros hermanos!

Y las flechas y lanzas cayeron con mucha velocidad encima de los españoles. Yanga corrió hacia la caravana. Un español trató de escapar, pero Yanga le pegó con una lanza. Otro español trató de matar a Yanga con una pistola, pero falló. Yanga luchó con la fuerza de su abuelo y mató al hombre blanco. Yanga sus guerreros controlaron la situación. Yanga gritó:

—¡Rápido, liberen a los negros!

Inmediatamente, los guerreros liberaron a los africanos esclavizados y pusieron a todos los blancos vivos en la jaula. Los guerreros agarraron toda la comida, las armas y los materiales de la caravana. Y mientras Yanga estaba gritando órdenes, escuchó una voz gritar del monte:

—¡Yanga, agáchate[57]!

Yanga se agachó rápidamente y una lanza golpeó a un hombre blanco que tenía una pistola detrás de él. El español cayó muerto. Yanga estaba en estado de shock. No podía creer lo que había pasado. Se levantó y gritó:

—¡¿Francisco?! ¿Eres tú?

—¡Sí, soy yo! —Francisco se bajó del monte.

—¡Ven aquí!

Francisco se acercó a Yanga y todos los guerreros estaban sorprendidos de que un joven pudiera tirar una lanza tan fuertemente. Yanga lo abrazó y le dijo:

---

[57] agáchate - *duck, get down*

—Gracias por salvarme la vida. Un día, tú vas a ser un general muy fuerte.

—Gracias, papá Yanga.

—Pero te dije que te quedaras en el pueblo. ¡Nunca me desobedezcas otra vez[58]!

—Sí, mi Rey.

---

[58] Nunca me desobedezcas otra vez - *Never disobey me again*

Parte III
El imperio contraataca

Capítulo 15
Hacendados impacientes

El palenque de Yanga prosperó durante los siguientes 30 años. La comunidad fue fuerte y próspera. Durante ese tiempo Yanga nunca perdió contacto con su abuelo. Imani siguió a su lado como consejera, pero tristemente, su amigo Kwame se murió.

Yanga era un rey y un líder espiritual. Imani y Yanga cuidaban a Francisco y le enseñaban a ser un gran militar. Y ahora, Francisco era el general más importante. Francisco hacía muchos ataques al camino real y a las haciendas.

La comunidad de Yanga y los guerreros de Francisco ganaron la reputación de ser muy fuertes. Muchas personas esclavizadas en Veracruz querían escapar al famoso palenque de Yanga. Yanga les daba mucha esperanza.

Sin embargo, los hacendados de Veracruz estaban cansados de sufrir tantas pérdidas. Un grupo de hacendados[59] escribió una carta al virrey de la colonia pidiendo acción militar contra los guerreros de Yanga:

---

[59] hacendados - *land owners*

*Estimado Virrey
Don Luis de Velasco,*

Le escribimos esta carta con todo el respeto de los sujetos más dedicados en el reino de nuestro Rey de España. Necesitamos ayuda para defendernos del bandido negro Yanga. A Yanga, hemos perdido comida, armas, semillas y esclavos. Yanga y sus bandidos nos atacan frecuentemente.

También, Yanga da mucha esperanza a nuestros esclavos. Muchos esclavos quieren ir al "territorio libre" de Yanga. Nuestros esclavos antes eran más fáciles de controlar, pero ahora, con la inspiración que les da Yanga, ellos son desobedientes e intolerables.

Nuestros guardias privados no son suficientes para parar los ataques de Yanga. Necesitamos su ayuda militar para eliminar a Yanga y a sus bandidos de una vez por todas.

Sus humildes sirvientes,

*Don Orlando Ximénez de la Veracruz
Don José Cortez de Orizaba
Don Felipe Ortega de los Reyes Coronado*

—¡Yanga! ¡Yanga! ¡Yanga! —gritó el virrey.
—¡Tenemos que eliminar este terror del monte!
... ¡Humberto!

—Sí, mi Virrey.

—Llame al capitán Pedro González de Herrera. Lo quiero ver en seguida. Él podrá destruir a Yanga y sus bandidos.

—Sí, mi Virrey. Ya voy.

Humberto era el sirviente e hijo del virrey. Era mulato[60]. Aunque su piel era muy blanca, su madre era una negra esclavizada por el virrey. Humberto era un buen sirviente del virrey, pero sentía mucho amor para su madre. Humberto tenía muchos contactos en la comunidad negra de Veracruz. Cuando Humberto iba para la casa del Capitán Pedro González de Herrera, pasó por la sección negra de Veracruz. Allí, le dijo a un contacto:

—Comunica a Yanga. Los blancos van a atacar muy pronto con muchos hombres y muchas armas. ¡Yanga tiene que saber que pronto vienen!

El contacto salió corriendo y pronto el mensaje llegó a Yanga. Mientras tanto, el capitán Pedro González de Herrera preparó sus tropas para un ataque brutal con la intención de destruir a Yanga y a toda su gente.

---

[60] mulato - *mulatto, of both African and European ancestry*

Capítulo 16
Decisión difícil

Cuando Yanga se enteró del ataque[61], él congregó a su consejo. Yanga les dijo:

—Compañeros, los blancos van a atacarnos muy pronto. Los blancos quieren eliminarnos y van a usar toda su fuerza militar para hacerlo. ¿Qué dicen ustedes?

—Rey Yanga —dijo un consejero—, los blancos tienen mucha fuerza militar. Yo pienso que debemos salir de aquí para construir otra fortaleza en una montaña diferente. Podemos salvar las vidas de muchas personas si salimos sin luchar.

Imani respondió:

—Yo no quiero correr siempre. Quiero luchar.

Francisco dijo:

—Imani tiene razón. Yo quiero luchar contra los blancos aquí. Podemos vencerlos de una vez por todas.

Los consejeros estaban hablando cuando Yanga les dijo firmemente:

---

[61] se enteró del ataque - *heard about the attack*

—¡Silencio! Esta noche voy a hablar con los ancestros. Mañana, tomaré mi decisión. Vuelvan todos aquí mañana.

Yanga caminó en silencio al templo. Una vez allí, sacó dos flechas y las puso en el suelo en frente del altar. Rezó[62].

—Abuelo, ¿dónde estás? Te necesito. —Yanga respiró profundamente—. Abuelo, siento el miedo de mi gente. Y necesito tu valentía. Dime, ¿qué debo hacer?

---

[62] rezó - *he prayed*

Yanga no escuchó nada.

—Abuelo ¿por qué no me hablas? No sé qué hacer. Tengo muchas dudas. Estoy muy viejo y cansado. Necesito tu ayuda. Dime abuelo, ¿qué debo hacer?

Yanga no escuchó nada. Se sentía más solo que nunca. Las horas pasaron. Yanga pensó en África. Recordó las palabras de su abuelo.

Yanga, no te rindas al miedo. No te rindas al dolor. No te rindas nunca. Tu gente te necesita. Recuerda, Yanga, pase lo que pase durante la noche, la mañana llegará. La mañana siempre llegará.

Yanga abrió sus ojos. Él tenía mucha valentía y él sabía exactamente qué hacer. Se levantó y salió del templo.

Cuando congregó a su consejo, les dijo:

—Consejeros, tenemos dos opciones, salir de aquí y empezar una comunidad nueva en otra montaña o quedarnos aquí para luchar. Si todos nos quedamos aquí, muchos niños y personas viejas puedan perder la vida; pero si todos salimos, es posible que corramos para siempre. He decidido que nuestra gente más vulnerable va a ir a un lugar secreto e impenetrable del monte. Y los guerreros van a quedarse aquí para luchar. Defenderemos nuestra fortaleza. Defenderemos nuestras casas. ¡Defenderemos nuestra libertad!

Todos sus consejeros aplaudieron con alegría y emoción.

Después de los aplausos Yanga gritó:

—¡Tráiganme al prisionero!

Capítulo 17
Invitación valiente

El prisionero era un español que tenía pelo negro y era flaco.

Yanga le dijo:

—¿Cómo te llamas?

—Me llamo José Alberto de la Vega.

—Don José, yo tengo una misión muy importante para ti.

—¿Para mí? ¿Qué será, su Majestad?

—Quiero que des un mensaje a los españoles de mi parte. Toma este mensaje y léelo al capitán de los españoles. Después, tú vas a guiar a los españoles aquí.

—¿Yo voy a guiar a los españoles aquí? Pero ¿por qué?

—Vamos a luchar y no quiero esperar. Tenemos a los ancestros con nosotros y no tenemos miedo.

Entonces, José Alberto salió con el mensaje de Yanga. Bajó la montaña y tres días después, llegó a la fortaleza de los españoles. Les dijo:

—Necesito ver al capitán. Tengo un mensaje de Yanga. Yo fui su prisionero.

En seguida, lo llevaron al capitán Pedro González de Herrera. El capitán le dijo:

—¿De verdad tienes un mensaje de Yanga?

—Sí, yo fui su prisionero. Yanga dijo que quería que yo los guiara a su fortaleza.

—¿Quería que tú nos guiaras a su fortaleza?

—Sí capitán, es verdad. Este es su mensaje.

Estimado Capitán,

Estamos en esta montaña para ser libres de la crueldad y la tiranía de los españoles, quienes quieren ser dueños de nuestra libertad. Sabemos que Dios está con nosotros porque hasta ahora, hemos gozado de victorias gloriosas contra todos los españoles que han intentado capturarnos.

Nuestros ataques al camino real y las haciendas españolas solo nos recompensan por todo lo que ustedes nos robaron. Así que los invitamos a atacarnos, porque no les tenemos absolutamente ningún miedo.

Con respeto y sinceridad,

—¿Qué? ¿Cómo es posible que un negro hable así? Debe ser un hombre muy valiente... o muy loco. Hay que atacar con mucho cuidado.

—Capitán, ¿cuáles son sus órdenes? —le preguntó José Alberto.

—Prepárense para el ataque. ¡Vamos a las montañas! ¡Vamos a destruir a Yanga y a todos sus bandidos!

Capítulo 18
La gran batalla

En el palenque, Yanga estaba preparando todo para la batalla. Yanga gritó:

–¡Francisco, prepara a las tropas para defender la fortaleza!

–Sí, mi Rey, –respondió Francisco.

–Imani, tú y yo vamos a llevar a veinte guerreros al pie del monte para hacer una emboscada.

A Imani no le gustó la idea. Ella le dijo a Yanga en voz baja:

–Yanga, no puedes ir conmigo a la emboscada.

–¡Pero, tengo que ir! ¡Soy el rey!

–Yanga, escúchame, tú no puedes ir. Ya eres muy viejo y si algo te pasa todo se perderá. Tienes que evacuarte con las personas viejas y los niños. Tienes que sobrevivir.

–Pero, tengo que luchar. ¡Soy el líder!

–Yo sé. Tú eres el líder, y ¡por eso tienes que sobrevivir!

Yanga pensó un momento y respondió:

—Pues, está bien, no voy a luchar. Pero no voy a abandonar la fortaleza. Me quedaré en el templo con mis consejeros espirituales. Desde allí, rezaremos por la victoria.

—Pues, está bien, hermano. Francisco y yo podemos liderar a los guerreros. Tú necesitas estar seguro y ser nuestro guía espiritual.

Yanga y sus consejeros entraron al templo y empezaron a rezar. Yanga sentía muchas emociones. Recordó las palabras de su abuelo y no sentía miedo. Sentía la presencia de sus ancestros. Les dijo a sus consejeros espirituales:

—No estamos solos en esta montaña. Estamos juntos con nuestras familias en África. Estamos juntos con nuestros hermanos y hermanas que se murieron en los barcos que pasaron por el océano. Estamos juntos con los que trabajan y mueren en los campos de caña de azúcar. Hoy luchamos por ellos. Luchamos con ellos.

De pronto, Yanga se puso en un trance espiritual. Sintió todo el dolor que su gente sentía, pero también sentía toda la fuerza que tenía. Su corazón iba a explotar de tantas emociones. Sus consejeros cantaban intensamente mientras Yanga vivía el trauma de su gente. Yanga gritó por el dolor de su gente y tembló con la fuerza de sus ancestros.

◊ ◊ ◊

Imani y su grupo de guerreros tomaron posición para la emboscada. Todos esperaban. El sol estaba muy caliente. La emboscada les daría una ventaja grande en la batalla. Los guerreros estaban nerviosos, pero todos tenían valentía y experiencia. Rezaron en silencio.

De repente, un guerrero llegó y le dijo a Imani:

—Comandante, el enemigo está cerca.

—¿Qué información tienes? —le respondió Imani.

—Primero, hay un grupo de arqueros indígenas. Después, hay mosqueteros y tropas normales. Algunos tienen espadas, otros tienen lanzas, unos cuantos tienen mosquetes. En total, hay aproximadamente quinientos hombres.

—Gracias. Toma tu posición y buena suerte —le respondió Imani.

—Gracias, comandante.

Los fusibles[63] de los mosquetes se quemaban lentamente y el olor de pólvora flotaba[64] hacia Imani y los guerreros. El capitán Pedro González de Herrera montó su caballo en frente de los arqueros indígenas con su perro de guerra. Su perro corría libre y feliz. El perro no sabía que una

---

[63] fusibles - *fuses*
[64] el olor de pólvora flotaba - *the smell of gunpowder floated*

batalla grande estaba a punto de empezar y que muchas personas morirían.

Cuando Imani vio el perro, ella sintió un miedo terrible. Ella sabía que el perro podía descubrir la emboscada. De repente, el perro empezó a correr hacia los guerreros. ¡Los españoles descubrieron a los guerreros! ¡La emboscada falló! Imani tiró una flecha y mató al perro. Ella gritó:

—¡Ataquen! Por nuestra libertad, ¡ATAQUEN!

Los guerreros de Imani tiraron sus flechas y lanzas con toda velocidad y fuerza, pero el enemigo no había llegado a la emboscada. Las flechas y lanzas no tuvieron mucho impacto. El capitán González de Herrera gritó:

—¡Emboscada! ¡Formen una posición defensiva!

Los arqueros indígenas empezaron a tirar sus flechas. Capitán González de Herrera les gritó:

—¡Mosqueteros, prepárense! —Los mosqueteros tomaron su posición—. ¡FUEGO! —gritó el capitán.

Hubo una explosión tremenda. ¡¡¡BUUUUMM!!! Algunos guerreros gritaron del dolor. Hubo caos. Humo. Fuego. Gritos. Imani gritó:

—¡Guerreros! ¡Retírense! ¡Retírense a la segunda línea defensiva!

Antes de retirarse, ella tiró una flecha que pegó uno de los mosqueteros en la cara. El mosquetero se murió instantáneamente.

En el templo, Yanga cayó al suelo. Sintió un golpe en el estómago. Sintió un golpe en su pecho. No podía respirar. Los consejeros lo rodearon y rezaron. Yanga pensó que hizo un error. Yanga pensó, «Mandar al prisionero fue un error fatal.»

Los consejeros sintieron su miedo y lo ayudaron con sus canciones. Yanga sabía que tenía que vencer su miedo. Cayó en los brazos de sus consejeros. Yanga gritó:

—¡Abuelo! ¡Venga a mí! ¡Lo necesito ya!

Yanga temblaba en el suelo. Se escuchaban las explosiones y los gritos en la distancia. Era el caos de la batalla.

Imani y sus guerreros llegaron a la segunda línea defensiva. Imani le gritó al general Francisco:

—¡Francisco, el enemigo viene con arqueros, mosqueteros y muchas tropas!

—¡Sí, comandante Imani! ¡Guerreros, preparen las trampas! ¡El enemigo viene pronto!

—¡Agáchense! ¡Vienen las flechas! —gritó Imani.

Muchas flechas cayeron por todas partes. Muchos guerreros fueron golpeados. Las tropas indígenas tiraron flechas. Los mosqueteros estaban a punto de disparar. General Francisco gritó:

—¡Suelten[65] las rocas!

Los guerreros soltaron muchas rocas grandes que bajaron hacia el enemigo. Muchos arqueros indígenas cayeron muertos bajo las rocas. Los mosqueteros empezaron a disparar. Las balas golpearon a los guerreros con una fuerza fatal.

—¡AAAA! —gritó general Francisco. Una bala lo golpeó.

—¿Estás bien? —le preguntó Imani.

—Sí, no es nada. Puedo continuar —dijo general Francisco—. Comandante Imani, los enemigos tienen cañones. Lleva un grupo de guerreros rápidamente y maten a los hombres con los cañones. No hay mucho tiempo.

—Sí, ¡ya voy! —respondió Imani.

Imani y sus guerreros bajaron la montaña rápidamente. Imani gritó:

—¡Ataquen a los hombres con los cañones!

Imani tiró una flecha que mató a un enemigo. Los otros guerreros atacaron con sus espadas y lanzas. Lucharon mano a mano. Los guerreros

---

[65] suelten - *release, let loose*

mataron a varios españoles, pero más españoles llegaron. Después de tirar su última flecha, Imani empezó a luchar con su machete. Ella y sus guerreros lucharon heroicamente. Sin embargo, uno por uno, sus guerreros cayeron muertos.

Eventualmente, todos los guerreros se murieron. Imani luchó heroicamente hasta el final, pero ella también cayó muerta. El ataque de Imani le ganó algo de tiempo a Francisco. Pero el general Francisco sabía que la fortaleza no podría resistir los cañones.

◊ ◊ ◊

Mientras tanto, en el templo, Yanga vivía la batalla espiritualmente. Sintió la muerte de su hermana. Finalmente, Yanga escuchó la voz de su abuelo. Su abuelo le dijo:

—Yanga.

—Sí, abuelo.

—No tengas miedo.

—Pero, yo perdí la batalla con un error fatal.

—Yanga, después de la noche, la mañana siempre llegará. No te rindas, Yanga. No te rindas.

—Sí, abuelo. No me rindo.

Después de un momento, Yanga salió de su trance y abrió los ojos.

Yanga gritó:

—¡Escapemos de aquí! ¡La fortaleza está perdida, pero la libertad es nuestra! ¡Escapen todos! ¡Vamos todos a los lugares secretos!

General Francisco gritó:

—¡Escapen ustedes! Voy a defender su escape con algunos guerreros.

Yanga le respondió:

—Francisco, nos vemos en los lugares secretos.

—Sí, Rey Yanga. No te preocupes por mí. ¡Corre!

Entonces, Yanga, los consejeros espirituales y muchos guerreros escaparon de la fortaleza. Las balas de los cañones causaron mucha destrucción por todas partes y el general Francisco montó su última defensa mientras que el enemigo subió hacia la fortaleza. Uno de los guerreros le gritó:

—¡General, no quedan flechas, ni balas!

—Entonces, ¡ataquen con las espadas y los machetes! ¡Libertad o muerte! —gritó el general Francisco mientras corría hacia los españoles. Todos los guerreros gritaron:

—¡¡¡Libertad o muerte!!!

Francisco y sus guerreros lucharon hasta el último hombre. Francisco luchó valientemente y aseguró de que Yanga podía escapar. Sin embargo, Francisco se murió también. Ellos se murieron luchando por la libertad.

Cuando los españoles finalmente entraron a la fortaleza no había nadie. Todos se habían escapado. El capitán de los españoles les dijo a sus hombres:

—¡Busquen a los bandidos casa por casa!

Un sacerdote[66] le dijo al capitán:

---

[66] un sacerdote - *a priest*

—¡Gloria a Dios, capitán! ¡Ganamos! Destruimos a Yanga y a los bandidos negros. ¡Gloria a Dios!

—Sí. Ganamos la batalla —respondió el capitán—, pero si no tengo la cabeza de Yanga en una lanza, los negros seguirán luchando. La batalla ha terminado, pero la guerra está empezando.

Capítulo 19
Invencibles

Llorando, temblando, con hambre, con frío, así estaban los sobrevivientes de la batalla. Muchos niños ya no tenían a sus padres y muchas mujeres ya no tenían a sus esposos. Yanga no tenía a su hermana. Estaban seguros por ahora, pero la vida de toda la comunidad era diferente.

Yanga tuvo que ser fuerte. Congregó a todos y les dijo:

—Yo sé que todo parece estar perdido. Hemos perdido a nuestros familiares y amigos. Hemos perdido nuestras casas y nuestra fortaleza está en manos de los españoles. ¡Sin embargo, no nos podemos rendir! No me rindo. He perdido a mi hermana y no me rindo. He perdido a mi general y no me rindo. No me rindo hoy. No me rindo mañana. ¡No me rindo nunca!

La comunidad lo escuchó en silencio. Todos sabían que rendirse era igual a regresar a la esclavitud. La esclavitud era peor que la muerte.

Esa noche no prendieron ningún fuego. El frío era terrible. Los guerreros vigilaban mientras los artesanos trabajaban haciendo flechas y lanzas. Yanga trataba de darles esperanza a todos. Se le acercó a una mujer que lloraba. Le dijo:

—¿Qué pasó, m'ija?

—Rey Yanga, perdí a mi esposo en la batalla.

—Ay, m'ija, lo siento mucho. Tu esposo murió como héroe.

—Sí, mi Rey.

—Este momento es muy triste para nosotros. Pero no pierdas la fe. Siempre hay esperanza y la mañana llegará.

—Gracias, mi Rey.

Yanga no tenía tiempo para llorar por las muertes de Imani y Francisco. Él pensó, «Mi gente me necesita. Tengo que ser fuerte para ellos. Nuestra supervivencia depende de mí.»

Yanga sabía que los blancos nunca los dejarían en paz. Yanga organizó a sus guerreros e hizo un plan para atacar a los españoles:

—Guerreros, estamos en guerra total contra los españoles. Tenemos que atacar y retirarnos como fantasmas en la noche. No tenemos ventaja ni de armas ni de número, pero nadie conoce mejor el monte que nosotros. Vamos a atacarlos noche y día. Poco a poco el enemigo va a perder su motivación. El enemigo va a vernos en cada árbol y en sus pesadillas[67]. No vamos a ganarles con mejores armas sino con el terror. Eventualmente, ellos se van a rendir. Hemos perdido la fortaleza, pero ¡no perdimos la fuerza!

Mientras tanto, en la fortaleza del palenque, el capitán Pedro González de Herrera exploraba con el sacerdote. Le dijo:

—Padre, es increíble que los negros tuvieran tantas cosas. Aquí hay plata y ropa española. También, hay almacenes de comida.

—Capitán, también parece que ellos trabajaron con los indios. Tienen objetos hechos por las tribus por aquí —respondió el sacerdote.

—Sus defensas eran muy sofisticadas, sus casas muy bonitas, y sus cultivos son impresionantes. Es una lástima quemarlo todo.

—Es necesario, capitán. Dios quiere que los destruyamos a todos ellos. Si no los destruimos,

---

[67] pesadillas - *nightmares*

ellos van a inspirar a más y más negros a rebelarse. Esto no es tolerable.

—Ya lo sé, padre. Y vamos a destruirlo todo.

Después de ver todo el palenque, capitán Pedro González de Herrera llamó a todos los comandantes. Les dijo:

—Llame a los guías indios. Vamos a cazar.

Uno respondió:

—Pero capitán, tenemos comida suficiente. No necesitamos cazar.

—No vamos a cazar animales. Vamos a cazar a los negros.

Después de ese día, los españoles hicieron muchas invasiones al bosque en busca de Yanga y su gente. Pasaron meses patrullando en el bosque. Sin embargo, no encontraron más que dolor y muerte. Yanga y su gente resistían ferozmente. Se habían dividido y vivían en lugares escondidos en las zonas más ásperas del monte. Yanga habló con sus tropas:

—Los españoles no conocen el monte. Vamos a ser invisibles. Ellos no pueden matar lo que no pueden ver. Ataquen de noche. Ataquen desde los árboles. Ataquen y desaparezcan. Así no podemos perder. Seremos la pesadilla de los españoles.

Así lucharon los guerreros de Yanga. Atacando en la noche. Preparando emboscadas. Haciendo trampas. Los guerreros lucharon por sus vidas y libertad y los españoles perdían su confianza.

Después de meses de dolor, miedo y frustración, el capitán González de Herrera les dijo a sus comandantes:

—Esto no es posible. ¡Los negros vienen y se van y no vemos nada! ¿¡Son invisibles!?

Sus comandantes le respondieron:

—Estamos perdiendo hombres cada día. Los hombres ya no quieren continuar con las patrullas. Quieren regresar a Veracruz. Están muy cansados y tienen miedo.

—¡Ya lo sé! Pero no hay más soldados. El virrey no me va a dar ni uno más.

—Pues, capitán, ¿qué va a hacer usted? No podemos seguir así.

El capitán respiró profundamente y le respondió:

—Tenemos que subirla.

—¿Subirla? ¿Pero qué vamos a subir?

—Vamos a subir la bandera blanca. Tenemos que rendirnos y negociar la paz.

Capítulo 20
La bandera blanca

—¡Rey Yanga! ¡Hay información del frente!

—¿Sí?

—Ellos subieron la bandera blanca. ¡Quieren negociar!

—¿De verdad? ¿Los españoles quieren negociar?

—Sí, subieron la bandera blanca y no han atacado por varios días.

—¡Qué bueno! Reúne a los consejeros.

Yanga reunió a todos los consejeros y ellos prepararon una lista de demandas para negociar la paz con Pedro González de Herrera. Yanga estaba contento de ganar la paz, pero también tenía el miedo de que los españoles lo traicionaran[68].

Después de escribir una lista de demandas con sus consejeros más importantes, Yanga, un grupo de sus guerreros y los consejeros se reunieron con los españoles en tierra neutral. Las negociaciones fueron rápidos.

Cuando Yanga volvió a su gente, les dijo:

—Hoy, declaro que nuestra lucha no ha sido en vano. Los españoles aceptaron las demandas y somos libres e independientes. Vamos a vivir en paz y prosperidad y yo voy a continuar siendo el rey. Vamos a ser libres hoy. Vamos a ser libres mañana. ¡Vamos a ser libres para siempre!

Esa noche su gente celebró con un gran festival. Todos cantaron, bailaron y lloraron de la alegría. Cuando era muy tarde, Yanga salió del pueblo y caminó hacia un arroyo como hizo tantos años antes con su hermana, Imani, y su amigo, Jambaar. Miró la luna y dijo:

—Abuelo, la noche larga terminó. Nunca me rendí, y por fin, somos libres.

---

[68] lo traicionaran - *would betray him*

Epílogo

A causa del liderazgo y las negociaciones de Yanga, el pueblo de San Lorenzo de los Negros fue fundado como territorio libre para Yanga y su gente. Desde aquel entonces, ellos vivieron libres, en paz y prosperidad.

En 1932, el gobierno de México cambió el nombre del pueblo de San Lorenzo de los Negros a Yanga. Hoy en día, el pueblo de Yanga todavía existe y su gente celebra el legado y el espíritu del gran príncipe africano que se hizo rey en México.

FIN

Nota del autor:

Dear Reader,

Yanga's story is just the beginning of the African struggle for freedom in the Americas and recognition in Mexico.

More than 200,000 Africans were captured and enslaved in Mexico and their descendants have always contributed to the cultural, economic and political development of Mexico. Indeed, Mexico's second president and revolutionary hero, Vicente Guerrero, was of African descent.

However, African ancestry in Mexico was systematically de-linked from the national identity because of racism. This disidentification had dire consequences for Afro-Mexicans. According to scholars, the forced invisibility and marginalization of Afro-Mexicans led to "discrimination, lack of representation, overt racism and unequal access to resources." Afro-Mexicans have experienced exclusion and a lack of belonging having been omitted from national history curriculums, museums, and popular culture. Many Afro-Mexicans have even been required to sing the national anthem at military check points just to prove their Mexican citizenship.

As a result, a number of Afro-Mexican groups have emerged to reclaim their African identity and demand their rightful place in Mexico's national consciousness. Founded in 1997, the non-profit organization, México Negro A.C., has been at the forefront of organizing Afro-Mexicans with these specific aims:

- To share the history of our people, and thus to deepen the knowledge of the history of the Black people in Mexico.
- To strengthen our unity to fight together for the progress of Black people, celebrating our faith, our life, and our Black Identity.

Years after these words were written, Afro-Mexicans have won a landmark legislative victory: *afro-mexicano* will be included for the first time as a category on the 2020 Mexican Census. Afro-Mexicans will officially be acknowledged as a cultural group by local, state and federal governments. The census will provide Afro-Mexican leaders the data they need to access important resources and to demand inclusion. Moreover, a measure of dignity and respect will be afforded to citizens long excluded in Mexico.

Much like Yanga 450 years ago, Afro-Mexicans and African descendants all over the world continue rejecting the forces of systemic racism and white supremacy. They fight to claim their freedom, identity and humanity.

Con sinceridad,

Chris Mercer

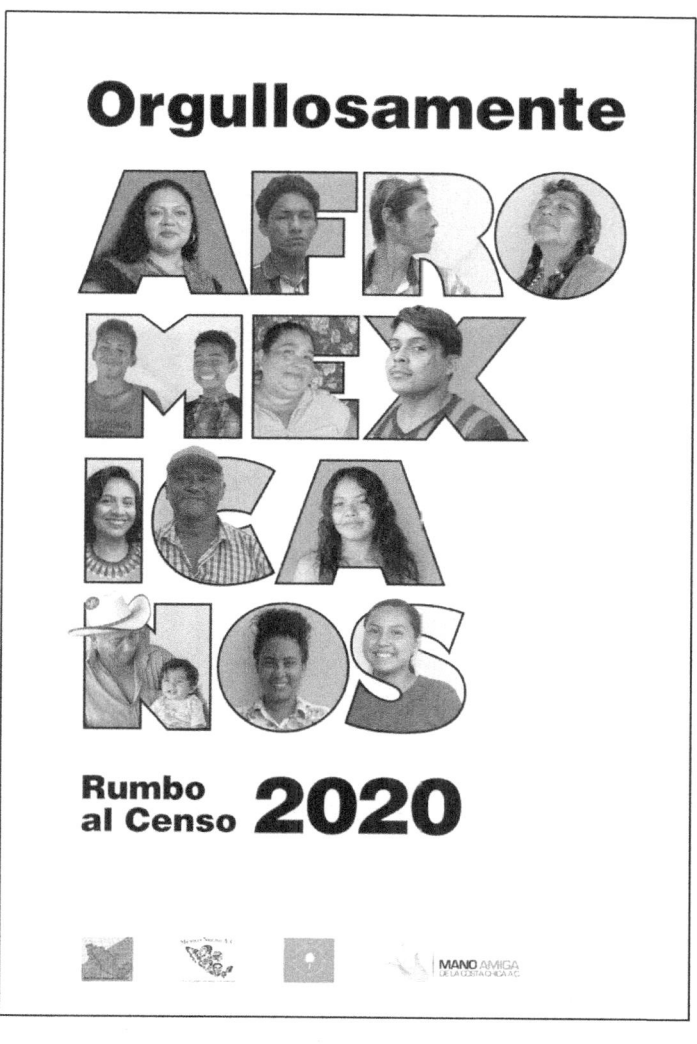

Flyer printed here with permission of the artists who created it: Carlos Aguilar Jaén and Rodrigo Díaz Guzmán.

This flyer was part of a beautiful campaign sponsored by several Afro-Mexican organizations encouraging participation in the 2020 census.

Glosario

— A —

- **a** - to; at
- **abandonar** - to abandon
- **abran paso** - make way
- **abrazaron** - hugged
- **abrazó** - hugged
- **abre** - open
- **abres** - you open
- **abrieron** - opened
- **abrió** - opened
- **abrir** - (to) open
- **abro** - open
- **absolutamente** - absolutely
- **abuela** - grandmother
- **abuelo** - grandfather
- **accesible** - accessible
- **accidente** - accident
- **acción** - action
- **aceptaron** - accepted
- **se acercó** - (he) approached
- **además** - additionally
- **adónde** - where
- **adultos** - adults
- **África** - Africa
- **africano** - African
- **africanos** - Africans
- **agáchate** - get down, duck
- **agáchense** - get down, duck
- **agachó** - got down, ducked
- **agarra** - grab
- **agarrar** - to grab
- **agarraron** - grabbed
- **agarró** - grabbed
- **agua** - water
- **ahora** - now
- **aire** - air
- *akan* - Akan, people from the southern regions of Ghana and Ivory Coast
- **al** - to the
- **alarma** - alarm
- **alarmar** - to alarm
- **alegría** - joy
- **algo** - something
- **algo de** - some
- **alguien** - somebody
- **algún** - some
- **algunos** - some
- **allí** - there
- **almacén** - storehouse

almacenes - storehouses
altar - altar
alto - tall
amiga - friend
amigo(s) - friend(s)
amor - love
ancestrales - ancestral
ancestro(s) - ancestor(s)
animal(es) - animal(s)
año(s) - year(s)
antes (de) - before
aparato - apparatus, device
aplaudieron - applauded
aplaudió - applauded
aplausos - applause
aproximadamente - approximately
aquel - that
aquella - that
aquí - here
árbol(es) - tree(s)
arco(s) - bow(s)
área - area
armas - arms, weapons
arquera - archer
arquero(s) - archer(s)
arroyo - stream
arroz - rice
arte - art

artesanías - handicrafts
artesanos - artisans
así - thus; like this
así que - thus, this way
áspera(s) - harsh, rough
atacaba - attacked
atacado - attacked
atacan - attack
atacando - attacking
atacar - attack
atacaremos - we will attack
atacarlos - attack them
atacarnos - attack us
atacaron - attacked
atacó - attacked
ataque(s) - attack(s)
ataquen - attack
atención - attention
aunque - although
ave(s) - bird(s)
ay - oh
ayuda - help
ayudaba - helped
ayúdame - help me
ayudar - help
ayudarla - to help her
ayudaron - helped
azúcar - sugar

— B —

bailaban - (they) danced
bailan - dance
bailando - dancing
bailar - to dance
bailarines - dancers
bailaron - danced
baile(s) - dance(s)
bailen - dance
baja - low, quiet
bajaron - went down
se bajaron - got off, disembarked
bajarse - get off, disembark
bajo - under, beneath; short
bajó - went down
se bajó - got down
bakongo - Bakongo, African people of the Congo River region
bala(s) - bullet(s); cannonball(s)
bandera - flag
bandido(s) - bandit(s)
barco(s) - ship(s)
batalla - battle
beber - to drink
bebieron - they drank
bebió - drank
bendiga - bless
bien - well; good
bienes - goods
bienvenido - welcome
blanca(s) - white
blanco(s) - white
blancos - whites
bloquea - blocks
boca - mouth
bonita(s) - pretty, beautiful
borda - edge, side
bosque - forest
bran - Bran, people of Senegambia region
brazos - arms
brillante - brilliant
brutal - brutal
buen - good
buena(s) - good
bueno - good
en busca de - looking for
búscame - find me
buscar - look for
buscaron - (they) looked for
buscó - looked for
busquen - look for
bum - boom

— C —

caballero - sir

caballo(s) - horse(s)
cabeza - head
cada - each, every
cadenas - chains
café - brown
caliente(s) - hot
calmar - (to) calm
calmó - calmed
calor - heat
cambió - changed
caminaba - walked
caminaban - walked
caminar - walked
caminaron - walked
camino - road
caminó - (she) walked
campo(s) - field(s)
camuflaje - camouflage
caña de azúcar - sugar cane
canción - song
canciones - songs
cañones - cannons
cansada(s) - tired
cansado(s) - tired
cantaba - sang
cantaban - (they) sang
cantando - singing
cantar - sing
cantaron - (they) sang
cantó - sang
caos - chaos

capataz - overseer
capital - capital
capitán - captain
capítulo - chapter
capturadas - captured
capturados - captured
capturan - they capture
capturarnos - to capture us
capturaron - captured
cara(s) - face(s)
caravana(s) - caravans
carne - meat
carpinteros - carpenters
carro(s) - carts, carriages
carta - letter
casa(s) - houses
casita(s) - cabin(s)
a causa de - because of
causaron - caused
cayeron - fell
cayó - (he) fell
se cayó - fell down
caza - hunt
cazar - (to) hunt
celebra - celebrates
celebración - celebration
celebraciones - celebrations

celebrado - celebrated
celebrar - (to) celebrate
celebraron - (they) celebrated
celebró - celebrated
centro - center
cerámica - ceramic
cerca (de) - near; around
ceremonia - ceremony
chica - girl
cientos - hundreds
cinco - five
círculo - circle
ciudad - city
ciudades
cobrando - charging
colonia - colony
color(es) - color(s)
coman - eat
comandante(s) - commander(s)
combate - combat
come - eat
comen - eat
comer - (to) eat
comerlo - to eat it
comía - he ate
comida(s) - food(s)
comido - eaten
comieron - ate
comió - (he) ate

como - like; as
cómo - how
compañeros - companions
comparado - compared
competencia(s) - competition(s)
comprende - understands
comprendes - you understand
comprendieron - understood
comprendió - understood
comprendo - I understand
compró - bought
comunica - communicate
comunicarme - to communicate
comunidad - community
con - with
condición - condition
conexión - connection
confianza - confidence
confusión - confusion
congregó - brought together
conmigo - with me

conoce - knows; know
conocen - know
conozco - I know
consejera - counselor
consejero(s) - counselor(s)
consejo - council
consideradas - considered
constante - constant
construidas - built
construir - to build
construiremos - we will build
construyendo - building
contacto(s) - contact(s)
contarle - to tell you
contenta - happy
contento - happy
contigo - with you
continuar - (to) continue
continuaron - they continued
continuó - continued
contra - against
contraataca - counterattack
contraataque - counterattacks, strikes back

controlar - to control
controlaron - controlled
convertirse - to become
convertirte - to become
se convirtió - became
cooperación - cooperation
corazón - heart
corazones - hearts
corramos - we run
corran - run
corre - run
correr - to run
corría - he ran; was running
corriendo - running
corrieron - (they) ran
corrió - ran
cortaba - cut
cortaban - cut
cortar - to cut
cortaron - they cut
cosa(s) - things
costa - coast
crac - crack!
crear - to create
creen - you believe
creer - to believe
creía - he believed
cristiano - Christian

línea cronológica - timeline
crueldad - cruelty
cruzados - crossed
cuál(es) - which
cuando - when
cuándo - when
cuánto - how much
unos cuantos - a few
cubierta - deck
cuchillo - knife
se dio cuenta - (he) realized
cuero - leather
cuerpo - body
cuerpos - bodies
cuesta - he costs
cueva - cave
cuidaban - took care of
cuidado - care
ten cuidado - be careful
cuidadosamente - carefully
cuidando - taking care of
cultivar - cultivate
cultivos - crops
culturas - cultures
curiosamente - curiously

— **D** —

da - gives
daba - gave
dahomey - Dahomey, people of the Kingdom of Dahomey on the coast of Benin
dan miedo - scare
dar - give
daría - would give
darles - to give them
de - of; from; to
debe - he must
debemos - we must
deben - they must
debo - I must
decía - said
decidido - decided
decidieron - decided
decir - (to) say
decisión - decision
declaro - I declare
dedicada - dedicated
dedicados - dedicated
defender - defend
defenderemos - we will defend
defendernos - defend ourselves
defensa(s) - defense(s)
defensiva - defensive

déjame - let me
dejarían - would leave
dejes - let
del - of the; from the
demandamos - we demand
demandas - demands
densa - dense
depende - depends
dependen - depend
depresión - depression
des - you give
desaparecer - (to) disappear
desaparecían - disappeared
desaparecieron - disappeared
desapareció - he disappeared
desaparezcan - disappear
descansar - rest
descendiente - descendent
descubre - discovers
descubrieron - discovered
descubrir - discover
desde - from; since
desobedezcas - you disobey
desobedientes - disobedient
desorientado - disoriented
después (de) (que) - after; then; later
destinados - destined
destino - destiny
destrucción - destruction
destruimos - we destroyed
destruir - (to) destroy
destruirlo - destroy it
destruyamos - we destroy
determinados - determined
detrás de - behind
día(s) - days
dicen - say
dientes - teeth
dieron - gave
diferencia - difference
diferente(s) - different
difícil(es) - difficult
dignidad - dignity
dije - I said
dijeron - said
dijimos - we said
dijo - (s/he) said
dime - tell me
dio - gave

se dio cuenta - (he) realized
dio vueltas - spun around
dios - god
Dios - God
directamente - directly
disciplina - discipline
disparar - (to) shoot
distancia - distance
distracción - distraction
dividido - divided
dividirnos - divide ourselves up
dolor - pain
dominar - dominate
domo - dome
don - mister, sir
donde - where
dónde - where
dormían - they were sleeping
dormir - sleep; sleeping
dos - two
doudoumba - an African dance
duda(s) - doubt(s)
duele - hurts
duelen - hurt
dueño(s) - master(s), owner(s)
dura - hard
durante - during
durmieron - slept
duro - hard
no duró mucho - it didn't last long

— E —

e - and
el - the
él - he
elefante - elephant
elegante - elegant
eliminados - eliminated
eliminar - eliminate
eliminarnos - eliminate us
ella - she
ellos - they
sin embargo - however
emboscada(s) - ambush(es)
emoción - emotion
emocionado(s) - excited
emociones - emotions
empalizadas - palisades

empezando - beginning
empezar - (to) begin
empezaron - began
empezó - (he) began
en - in; on
encadenó - enchained, put in chains
encerrado - enclosed
encima (de) - on top (of)
encontrado - found
encontrar - find
encontraron - found
enemigo - enemy
enemigos - enemies
energía - energy
enfermos - sick
engolo - an Angolan ritual combat dance
enojada - angry
enojado(s) - angry
se enojó - got angry
enriqueciendo - making rich
en seguida - immediately
enseñaba - taught
enseñaban - taught
enseñaron - taught
se enteró de - heard about
entonces - so; then

entraban - entered
entraron - entered
entre - between; among
entrenaron - trained
entró - entered
entusiasmo - enthusiasm
epílogo - epilogue
equis - X
era - (he; I; it) was
éramos - were
eran - (they) were
eras - you were
eres - (you) are
error - error
es - (he; it; she) is
esa - that
escapado - escaped
escapamos - we escape
escapar - (to) escape
escaparon - escaped
escape - escape
escapemos - let's escape
escapen - escape
escapó - escaped
esclavitud - slavery
esclavizada(s) - enslaved
esclavizado(s) - enslaved
esclavo(s) - slaves
escóndanse - hide

esconderme - hide myself
escondida(s) - hidden
escondidos - hidden
escondieron - hid
escribimos - we wrote
escribió - wrote
escribir - write
escuchaban - listened
escúchame - listen to me
escuchar - listen
escuchas - you listen
escuchó - listened
ese - that
esencial - special
eso - that
espadas - shovels
España - Spain
español(es) - Spanish
española(s) - Spanish
especial - special
esperaban - hoped for
esperanza - hope
esperar - to wait for
esperaron - waited for
espero que sí - I hope so
espía - spy
espíritu - spirit
espiritual(es) - spiritual
espiritualmente - spiritually
esposo - spouse, husband
esta - this
está - is
estaba - was
estaban - were
estabas - you were
estado - state
estamos - we are
están - are
estar - to be
estará - will be
estas - these
estás - you are
este - this
esté - be
estés - you are
estimado - esteemed
esto - this
estómago - stomach
estos - these
estoy - I am
estúpidos - stupid
estuvieran - were
etnicidades - ethnicities
evacuarte - evacuate
eventualmente - eventually
exactamente - exactly

examinando - examining
examinar - examine
examinaron - examined
excremento - excrement
exhausto(s) - exhausted
existe - exists
experiencia(s) - experience(s)
explicas - you explain
explicó - explained
exploraba - explored
exploradores - explorers
explosiones - explosions
explotar - exploit
explotaron - exploited
extraño - strange

— F —

fácil(es) - easy
fácilmente - easily
falló - failed
falso - false
me hacías mucha falta - I missed you a lot
familia - family
familiar - familiar
familiares - family members
familias - families
famoso - famous
fandango - a dance of Spanish, African and Mexican origins
fantasmas - ghosts
fascinado - fascinated
fascinante - fascinating
fatal - fatal
por favor - please
favorece - favors
fe - faith
feliz - happy
feo - ugly
feroces - ferocious
feroz - ferocious
ferozmente - ferociously
festival - festival
fiesta - party
fiestas - parties
fin - end
finalmente - finally
firmemente - firmly
física - physical
físicamente - physically
flaco - skinny
flecha(s) - arrow(s)
flotaba - floated

formal - formal
formar - form
formen - form
formó - formed
fortaleza - fortress
fortificaciones - fortifications
forzaron - forced
frecuentemente - frequently
frente - front
en frente de - in front of
frijoles - beans
frío - cold
frustración - frustration
fue - was
fuego - fire
fuera - were
fueron - were
fuerte(s) - strong
fuertemente - strongly
fuerza - force
fui - I was
fuimos - we were
fundado - founded
fundó - founded
furioso - furious
fusibles - fuses
futuro - future

— G —

Gabón - Gabon
ganamos - we won
ganar - win
ganarles - beat them
ganaron - won
ganó - won
garantizar - guarantee
gbe - Gbe, people of the region between eastern Ghana and western Nigeria
general - general
gente - people
gloria - glory
gloriosas - glorious
gobernar - govern
gobierno - government
golpe - blow
golpeaban - hit
golpeados - hit
golpeándolo - hitting him
golpear - hit
golpearon - hit
golpeó - hit
gozado - enjoyed
gracias - thank you
gran - big
grande(s) - big
gritaban - yelled
gritando - yelling

gritar - yell
gritaron - yelled
grito(s) - yell(s)
gritó - yelled
grupo(s) - group(s)
guardia(s) - guard(s)
guerra - war
guerrero(s) - warrior(s)
guía(s) - guides
guiar - guide
guiara - guide
guiaras - guide
les gustaba - they liked
le gustó - she liked

— H —

ha - has
había - (he) had; there was; there were
habían - (they) had
habilidad - ability
habilidades - abilities
habla - talk, speak
hablaba - was speaking; spoke
hablaban - talked
hablamos - we speak
hablando - speaking; talking
hablar - (to) talk, speak
hablarles - talk to them
hablas - you are talking; you speak
hable - speaks
hables - talk
habló - spoke
hacendados - landowners
hacer - (to) do, (to) make
hacerlo - do it
haces - you are doing
hacia - towards
hacía - made
hacía calor - it was hot
hacía sol - it was sunny
me hacías mucha falta - I missed you a lot
hacienda(s) - ranch(es)
haciendo - doing; making
hago - I do; I make
hambre - hunger
han - (they) have
hasta - until
hay - there is; there are
que haya tensión - to have any tension
hayas - you have
he - I have
hechos - made
hemos - we have

hermana(s) - sister(s)
hermano(s) - brother(s)
héroe - hero
heroicamente - heroically
hicieron - did; made
hierro(s) - branding iron(s)
hijo - son
historia - history; story
hizo - did; made
se hizo - became
hombre - man
hombres - men
honor - honor
hora - time
horas - hours
horrible(s) - horrible
horror - horror
hoy - today
hubiera - had
hubo - there was
humildes - humble
humo - smoke

— I —

iba - (it; he) was going
iba llegando - came along
idea - idea
identidad - identity
idioma(s) - language(s)
idiota - idiot
ignorar - ignore
igual - equal
impacientes - impatient
impacto - impact
impenetrable - impenetrable
imperio - empire
importante(s) - important
impresionante - impressive
inconsciente - unconscious
increíble(s) - incredible
increíblemente - incredibly
independientes - idependent
indígena(s) - native, inidigenous
indios - Indian
infierno - hell
información - information
ingenieros - engineers
inmediatamente - immediately
inmensa(s) - immense

inspiración - inspiration
inspirar - inspire
instantáneamente - instantly
intención - intention
intensamente - intensely
intensidad - intensity
intentado - attempted
intentar - attempt
intentaron - attempted
intercambiar - exchange
interesante - interesting
intolerables - intolerable
intuición - intuition
invasiones - invasions
invencible(s) - invincible
invisibles - invisible
invitación - invitation
invitamos - we invite
ir - (to) go

— J —

ja - ha
jabalí - wild pig, boar
jalidon - royal court dance to pay homage to kings and queens of West Africa
jaula - cage
joven - young; young man
se juntaron - got together
juntarse - join together
juntas - together
juntó - called together
juntos - together
justo - just, fair

— L —

la - the; her; it
labor - labor
lado - side
por otro lado - somewhere else
lanza(s) - lance, spear
lanzador(es) - thrower(s)
larga - long
las - the; them
lástima - pity
látigos - whips
le - (to) him; (to) her
léelo - read it
leer - to read
legado - legacy
lentamente - slowly
león - lion
leones - lions

les - (to) them
letal - lethal
levantó - lifted
se levantó - got up
leyenda - legend
liberar - to liberate
liberaron - freed
liberarte - to liberate you
liberen - free
libertad - liberty, freedom
libre(s) - free
líder - leader
liderar - to lead
liderazgo - leadership
lideró - he led
límites - limits
línea - line
línea cronológica - timeline
lista - ready; list
listo - ready
se llama - is named
llamado - named
te llamas - you're named
llame - call
me llamo - my name is
llamó - called
llegado - arrived
llegamos - we've arrived

llegan - arrive
iba llegando - came along
llegar - (to) arrive
llegará - will arrive
llegarían - would arive
llegaron - arrived
llego - I arrive
llegó - (he) arrived
llegue - (it) arrives
lleva - is carrying; take
llevaba - took; was taking
llevaban - they were carrying; they took
llevan - they are taking; take
llevar - take; carry
llevarla - to carry you
llevaron - (they) took; (they) carried
lloraba - was crying
llorando - crying
llorar - (to) cry
lloraron - cried
lloró - cried
lo - him; it; you
lo que - that which
loco - crazy; crazy person
los - the; them; the ones
lucha - fight; combat
luchaba - fought

luchamos - we fight, we are fighting
luchando - fighting
luchar - (to) fight; fighting
lucharon - (they) fought
luchó - fought
luego - then
lugar(es) - place(s)
luna - moon

— M —

machete(s) - machete(s)
madera - wood
madre - mother
maíz - corn
majestad - majesty
mamá - mom, mama
mañana - morning; tomorrow
mandar - send; sending
mandinga - Mandinka, people from southern Mali and eastern Guinea
mano(s) - hand(s)
mansión - mansion
mapa - map
mar - sea
martillo - hammer

más - more; most
matan - they kill
matar - to kill
mataré - I will kill
matarlo - (to) kill him
mataron - killed
mataste - you killed
maten - kill
materiales - materials; supplies
mates - kill
mató - killed
mayo - May
mbundu - Mbundu, people from the region of northwestern Angola
me - me; to me
mejor(es) - better; best
menos - less; least; except
mensaje - message
meses - month
metal - metal
mexicano - Mexican
México - Mexico
mezquitas - mosques
mi - my
mí - me
miedo - fear
miembros - members

mientras (que) - while
mientras tanto - meanwhile
m'ija - my daughter
mil - a thousand
militar - soldier; military
minas - mines
minutos - minutes
mira - look at
mirada - look
mirarme - look at me
miraron - looked at
miró - (he) looked (at)
mis - my
misión - mission
misiones - missions
mismo - same
misteriosamente - mysteriously
misterioso - mysterious
momento - moment
montaña(s) - mountain(s)
monte(s) - hill(s)
montó - mounted
moría - was dying
morir - (to) die; dying
morirían - would die
mosquete(s) - musket(s)
mosquetero(s) - musketeer(s)
mostrar - show
mostró - showed
motivación - motivation
mover - move
moverse - move
movía - moved; was moving
movían - were moving
moviendo - moving
moviéndose - moving
se movieron - moved
se movió - moved
mucha - a lot of
muchacho - boy
muchas - a lot of, many
mucho - a lot; a lot of; much
muchos - a lot of; many
se muera - he dies
(se) mueren - die
muerta - dead
muerte(s) - death(s)
muerto(s) - dead
mujer - woman
mujeres - women
mulato - mulatto
mundo - world
todo el mundo - everyone

(se) murieron - (they) died
(se) murió - died
musculoso - muscular
músicos - misicians
musulmanes - Muslims
mutilaron - they mutilated
muy - very

— N —

nació - was born
nación - nation
naciones - nations
nada - nothing; anything
nadie - nobody; anybody
necesario - necessary
necesita - needs
necesitaba - needed
necesitamos - we need
necesitan - need
necesitas - you need
necesito - (I) need
negociaciones - negotiations
negociar - (to) negotiate
negra - Black woman
negro - Black man
negros - Blacks
nervios - nerves
nerviosos - nervous
neutral - neutral
ni - neither; nor; even
ningún - no; any
niño(s) - boy(s)
nivel - level
no - no; not
noche(s) - night(s)
nombre(s) - name(s)
normales - normal
noroeste - northeast
nos - us; to us
nosotros - we; us
nuestra(s) - our
nuestro(s) - our
nueva - new
nuevo - new
número - number
nunca - never

— O —

o - or
objetos - objects
observando - observing
observaron - they observed
observó - observed
obvio - obvious
océano - ocean

oeste - west
ofrecería - would offer
ofrecieron - offered
ojos - eyes
olía - smelled
ollas - pots
olor - smell
olvidaría - would forget
opción - option
opciones - options
oportunidad - opportunity
órdenes - orders
organizar - organize
organizó - organized
orgullo - pride
orgullosa - proud
original - original
oscura - dark
oscuridad - darkness
oscuro - dark
otra - another
otras - other
otro - other; another
por otro lado - somewhere else
otros - other; others

— P —

padre - father
padres - parents
pagó - paid
palabra(s) - word(s)
palacio - palace
palenque - community
palos - sticks
palpitaba - beat
pánico - panic
pantera - panther
papá - dad, papa
para - for; to
parar - stop
parece - (it) seems
parecía - seemed
parecían - seemed
pared - wall
parte(s) - part(s)
de mi parte - from me
participar - participate
pasa - passes; happens; is happening
pasaban - passed
pasado - happened
pasando - happening
pasar - happen
pasaron - went by; they spent
pasé - I passed
pase lo que pase - whatever happens
pasión - passion
paso - passage
abran paso - make way

pasó - passed; happened
patadas - kicks
patrullando - patrolling
patrullas - patrols
paz - peace
pecho - chest
pedacito - little piece
pegarle - hit it; hit her
pegó - hit
peligroso - dangerous
pelo - hair
penetrar - penetrate
penetró - penetrated
pensaba (en) - thought (about)
pensaban - thought
pensé - I thought
pensó - (he) thought
peor - worse
pequeña - small
pequeño(s) - small
perder - (to) lose; losing
se perderá - will be lost
perderte - lose you
perdí - (I) lost
perdían - were losing
perdida - lost
pérdidas - losses
perdido - lost
perdiendo - losing
perdimos - we lost
perdió - lost
perfecto(s) - perfect
permite - you permit
permitido - permitted
pero - but
perro(s) - dog(s)
persona - person
personales - personal
personas - people
pesadilla(s) - nightmare(s)
pesos - pesos
pie - foot
piel - skin
pienso - think
pierdas - lose
piernas - legs
tiene pinta de líder - he looks like a leader
pistola - pistol
plan - plan
plantar - plant
plantas - plants
plantó - planted
plata - silver; money
plaza(s) - plaza(s), town square(s)
poco - little (bit)
poco a poco - bit by bit
podemos - we can
poderoso - powerful

podía - (he) could; I could
podían - (they) could
podrá - will be able to
podremos - we will be able to
podría - (I) could
pólvora - powder
poner - put
ponían - put
por - through; for; by
por fin - at last
por otro lado - somewhere else
porque - because
por qué - why
por todas partes - everywhere
posible - possible
posición - position
precisión - precision
prefiero - I prefer, I'd rather
preguntó - asked
prendieron fuego - set fire; lit a fire
preocupación - worry, concern
preocupes - worry
prepara - prepare
preparando - preparing
prepararon - prepared
se prepararon - got ready
preparen - prepare
prepárense - get ready
preparó - prepared
presencia - presence
presentar - presenting
presión - pressure
primer - first
primero(s) - first
principal - principal, main
príncipe - prince
prisión - prison
prisionero - prisoner
privados - private
problemas - problems
procesaban - they processed
producto(s) - product(s)
profunda - deep
profundamente - deeply
prólogo - prologue
pronto - soon
de pronto - right away
próspera - prosperous
prosperar - prosper
prosperemos - we prosper
prosperidad - prosperity

prosperó - prospered
protección - protection
público - public
pudiera - could
pudo - could
pueblo(s) - town(s), village(s)
puedan - can
puede - (s/he) can
pueden - can
puedes - (you) can
puedo - I can
puerta - door
puerto - port
pues - then; well
a punto de - about to
pusieron - put
puso - put
se puso - became

— Q —

que - that; who
qué - what
nos quedamos - we stay
quedan - are left, remain
se quedan - stay
te quedaras - you stay
me quedaré - I will stay
quedarnos - stay
quedaron - were left, remained
se quedaron - stayed, remained
quedarse - stay
quedó - was
se quedó - remained
se quemaba - was burning
quemaban - burned
quemarlo - to burn it
quemes - burn
quería - (he) wanted
querían - (they) wanted
quien(es) - who
quién - who
quiere - wants
quieren - (they) want
quieres - you want
quiero - (I) want
quinientos - five hundred

— R —

rápidamente - rapidly, quickly
rápido - fast, quickly; quick
razón - reason
tiene razón - is right
tienes razón - you are right

real - royal
realidad - reality
rebelarse - rebel
rebelión - rebellion
recibir - receiving
recompensan - repay
recordó - (he) remembered
recuerda - remember
recuerdos - memories
región - region
regresar - returning
reina - queen
reino - kingdom, realm
relaciones - relationships
religión - religion
religiones - religions
me rendí - I gave up
nos rendimos - we give up
rendir - give up
rendirme - give up
rendirnos - give up
rendirse - to give up
renombrado - renamed
de repente - suddenly
repetía - repeated
repitió - repeated
representación - representation
representante - representative
reputación - reputation
resistían - resited
resistir - resist
respeto - respect
respiraba - breathed
respirar - breathe
respiró - breathed
respondieron - (they) responded
respondió - (she) responded
responsabilidad - responsibility
retaguardia - rear guard
retirarnos - draw back
retirarse - drawing back
retírense - draw back
reúne - gather
se reunieron - met
reunió - gathered
reveló - revealed
rey(es) - king(s)
rezaba - prayed
rezar - pray
rezaremos - we will pray
rezaron - they prayed
rezó - he prayed

rica - rich
te rindas - give in; give up
me rindo - I give up
río - river
ritmo(s) - rhythm(s)
ritual - ritual
rivales - rivals
robado(s) - stolen
robamos - we steal
robaron - (they) stole
rocas - rocks
rodearon - surrounded
rompió - broke
ropa - clothes
rumores - rumors

— S —

sabe - know
sabemos - we know
saber - know
sabes - know
sabía - (he) knew
sabían - knew
sacaron - took out
sacerdote - priest
sacó - (he) took out
sacrificar - sacrifice
salían - went out
saliendo - coming out
salieron - went out; left
salimos - we leave
salió - went out; came out
salir - (to) go out; going out
al salir - upon going out
salvar - save
salvarme la vida - saving my life
salvaste - you saved
sangraba - was bleeding
sangraban - were bleeding
santos - saints
se - herself; himself; itself; themselves
sé - (I) know
sea - he is
seas - be
que seas - for you to be
sección - section
secreto(s) - secret
sed - thirst
en seguida - immediately
seguir - follow; continue, go on
seguirán - will go on
segunda - second
segundo - second
segura - sure
seguridad - security

seguro(s) - safe
semilla(s) - seed(s)
señal - sign
señora - woman
sentía - (he) felt
sentirse - to feel
se sentó - he sat down
separados - separated
ser - (to) be
será - it will be
seremos - we will be
shock - shock
si - if
sí - yes; so
sido - been
siempre - always
siendo - being
siento - I feel; I regret
siguiendo - following
siguiente(s) - next, following
siguió - followed; continued
silencio - silence
silenció - silenced
sin - without
sin embargo - however
sinceridad - sincerity
sino - but, rather
sintieron - they felt
sintió - (he) felt

sirviente(s) - servant(s)
situación - situation
sobre - over, above
sobrevivientes - survivors
sobrevivieron - survived
sobrevivir - survive
sofisticadas - sophisticated
sol - sun
sola - alone; single
solo - only
solo(s) - alone
soltar - release
soltaron - released
somos - (we) are
son - (they) are
sonido - sound
sorprendidos - surprised
soy - I am
su - his; your; their; her
sube - goes up
subía - went up
subiendo - going up
subieron - (they) raised
subió - went up
subir - go up; raise
subirla - raise it
suelo - ground

suelten - release
suerte - luck
suficiente(s) - enough, sufficient
sufrir - suffer; suffering
sujetos - subjects
superior - superior
supervivencia - survival
sureste - southeast
sus - his; their; her; your

— T —

tabaco - tobacco
táctica militar - military tactics
talento(s) - talent(s)
talentosa - talented
talentoso - talented
también - also
tambor(es) - drum(s)
tan - so
tanta - so much
tantas - so many
tanto - so much
mientras tanto - meanwhile
tantos - so many
tarde - late
te - you; to you
temblaba - trembled
temblando - trembling
templo - temple, church
ten cuidado - be careful
ten fe - have faith
tendrán - will have
tendré que - I will have to
tenemos - we have
tenemos que - we have to
tenemos miedo - we are afraid
tener - have
no tengas miedo - don't be afraid
tengo - I have
tengo miedo - I am afraid
tengo que - I have to
tengo sed - I am thirsty
tenía - (he) had; it had
tenía frío - was cold
tenía hambre - he was hungry
tenía miedo - (he) was afraid
tenía que - (he) had to
tenía sed - he was thirsty
tenían - (they) had
tenían que - (they) had to

tensión - tension
terminado - ended
terminaron - they finished
terminó - ended
terrible - terrible
territorio - territory
terror - terror
ti - you
tiempo - time
tiene - has
tiene hambre - is hungry
tiene pinta de - he looks like
tiene que - has to
tiene razón - is right
tienen - (they) have
tienen miedo - they are afraid
tienen que - have to
tienes - you have
tienes que - (you) have to
tienes razón - you are right
tierra(s) - land(s)
tiranía - tyranny
tirar - to shoot; shooting; throw;
tirarme - throw myself
tiraron - shot
tirarse - throw himself

tiro - shot
tiró - threw; shot
tocaban - played
tocaron - they played
tocó - played
toda - all
toda la - the whole
a toda velocidad - at full speed
todas - all
todavía - still
todo - everything;
todo el mundo - everyone
todos - everyone; all
tolerable - tolerable
toma - take
tomar - take
tomaré mi decisión - I will make my decision
tomaron - took
tomó - took
tonos - tones, shades
tonto - silly
torturar - torture
torturaron - they tortured
total - total
totalmente - totally
trabajaban - worked
trabajador(es) - worker(s)

trabajan - work
trabajando - working
trabajar - work; working
trabajar - worked
trabajo - work
tradicionales - traditional
tradiciones - traditions
traicionaran - betrayed
traigan - bring
tráiganme - bring me
trampas - traps
trance - trance
tranquilidad - tranquility
tranquilo - tranquil, calm
transportar - transport
trapiche(s) - sugar mill(s)
trataba - tried
tratado - treaty
tratan - try
trataron - treated
trató - (he) tried
trauma - trauma
traumatizados - traumatized
tremenda - tremendous
tres - three
tribu(s) - tribe(s)
triste(s) - sad
tristemente - sadly
tristeza - sadness
tropas - troops
tu(s) - your
tú - you
turno - turn
tuviera - had
tuvieran - had
tuvieron - had
tuvo - had
tuvo que - had to

— U —

última - last
último - last
un - a; an; one
una - a; an; one
unas - some; a few
único - only
unida - united
unidad - unity
unidos - united
unificado - unified, united
unificar - unify, unite
unificó - unified, united
uno - one

uno por uno - one by one
unos - some, a few
urgencia - urgency
usan - use
usar - use
usaron - used
usted(es) - you

— V —

va - is going
vale - is worth
valentía - valor
valiente - brave
valor - value
vamos - we are going; let's go
van - (they) are going
se van - leave
en vano - in vain
varios - several
vas - you are going
se vayan - leave
ve - go
veces - times
vegetación - vegetation
veía - saw
veinte - twenty
veinticinco - twenty-five
velocidad - speed
con toda velocidad - at full speed
vemos - we see
ven - come
vencer - defeat
vencerlos - defeat them
vendamos - we sell
venga - come
vengan - come
vengo - I am coming
venían - came
ventaja - advantage
veo - I see
ver - (to) see; seeing
verdad - truth; true
de verdad - really, truly
verde - green
vernos - see us
verte - see you
vez - time
a la vez - at the same time
de una vez por todas - once and for all
otra vez - again
una vez - once
viaje - voyage, trip
victoria - victory
victorias - victories
vida - life
vidas - lives

vieja(s) - old
viejo - old
viene - is coming; comes
vienen - (they) are coming; come
vieron - saw
vigila - guard, watch
vigilaban - guarded; kept watch
vigilando - keeping watch
vio - (he) saw; (she) saw
virrey - viceroy
visto - seen
vive - lives
viven - live
vivía - (I) lived
vivían - (they) lived
viviendo - living
vivieron - lived
vivir - (to) live
vivo(s) - alive
voces - voices
volver - return
volveremos - we will return
volviendo - returning
volvieron - returned
volvió - returned
vomitó - vomited
vómitos - vomit
voy - I'm going
ya voy - I'm on my way
voz - voice
dio vueltas - spun
vuelvan - return
vulnerable - vulnerable

— W —

wólof - Wolof, people from Senegambia

— Y —

y - and
ya - already; now
yo - I

— Z —

zonas - zones

ACKNOWLEDGMENTS

To the readers, Jennifer Degenhardt, Latasha Dunston, Hamilton Glass, Graciana Dutto, Christine Mendoza, Adriana Ramírez, Karen Rowen, José Santiago, John Sifert, and Luisa Suárez. Your feedback was incredibly helpful and I appreciate your time, talent and expertise.

To Will Dunlap, my creative confidant and storyteller extraordinaire.

To Jane Landers, Ph.D. and Trey Proctor, Ph.D. for guiding me in my search to locate and understand the scholarship about Yanga.

To Talia Weltman-Cisneros, Ph.D. for helping me understand the modern-day Afro-Mexican movement.

To Anny Ewing, my copy editor and formatter. Your counsel and hard work were essential in getting this manuscript print-ready.

A very special thank you to Natalia, my daughter, for your creative suggestions and to my partner, Yvette, for your spirit and love.

THE AUTHOR

Living in Costa Rica for a year, the Dominican Republic for a semester and trips to Nicaragua, Ecuador, Cuba, El Salvador, Peru, Haiti, Mexico, Panama and Guatemala showed Chris Mercer aspects of the world he would never forget.

His fascinating adventures have become the basis for three documentary films: *All that Glitters*, a look inside the small scale gold mines of Zaruma and Nambija, Ecuador; *When Pigeons Fly,* interviews with children in streets of Santo Domingo, Dominican Republic and a profile of a home that takes them in; *From Goochland to Havana*, a "video conversation" between Spanish I students in rural Virginia and college level art students in Havana, Cuba.

Inspired by his travels, Chris has also written four novels for Spanish learners: *Todo lo que brilla*, the story of two Ecuadoran farmers turned small scale gold miners; *Casa Dividida,* which explores the history of the Cuban Revolution through the eyes of two very different people; and his third novel, *Niños en la calle*, the story of siblings thrust into life on the streets of Santo Domingo, Dominican Republic; Yanga is his forth.

With a degree in History and Latin American Studies from The College of William & Mary, Chris Mercer grounds his fiction in meticulous research, real-life experiences and compassionate solidarity. He lives in Richmond, VA with his partner and two children.

More at www.chrismercerbooks.com

When a hurricane destroys all they've ever known, Rafa and Sofia are forced into living on the streets of Santo Domingo.

Niños en la calle is a gripping story of struggle, perseverance, and resilience in the times of adversity.

THE DOCUMENTARY

When Pigeons Fly is a heartfelt documentary by Chris Mercer, that takes you inside the lives of children in street situations. This film shows you firsthand the harsh realities of life on the streets in the words and through the eyes of the children that have lived it.

Stills from actual documentary footage

The film concludes by profiling an organization that supports some of these children and how they have been able to change their lives for the better.

José, a happy young farmer, was preparing to marry the love of his life. Then a letter arrived that changed everything.

He was forced to leave home to face danger and adventure in the jungles and gold mines of Ecuador.

Based on true stories captured in the author's documentary film, this novel keeps students engaged to the last page.

THE DOCUMENTARY

Go inside the mines with the people who inspired the book. Hear their voices and feel their stories.

José, the son of one of Cuba's wealthiest tobacco tycoons; and Luisa a peasant sugar cane cutter, see their country turned upside-down by the Cuban Revolution. They are then faced with a choice. Stay and defend the Revolution? Or flee and fight for its end?

Based on true stories, this work of historical fiction chips away at political propaganda with a gripping tale of battlefield heroism, family conflict, betrayal and love. You will be left wondering who the true rebels are and what it will take to reunite a house divided.

COMING SOON: From Goochland to La Habana

Go inside Cuba with a group of Spanish I students as they have a "video conversation" with students in Havana, Cuba.

Made in the USA
Middletown, DE
01 June 2025